KB237622

빛나는 것이 모두 금은 아니란다

빛나는 것이 모두 금은 아니란다

송길원 지음

살림

아버지가 차려주는 아침 식탁

폭풍우 치던 어느 겨울밤이었습니다. 세찬 비바람과 천둥 번개가 창문을 흔들었습니다. 전기마저 나가버려 칠흑 같이 어두운 밤, 온 가족은 두려움과 공포에 떨었습니다. 추위를 이겨내기 위해 가족들은 서로 부둥켜안아야 했습니다. 참으로 무서운 밤이었습니다.

그 사납고 무섭기만 하던 광야 같은 밤을 지난 아침, 아빠 가슴에 안겨 잠들었던 아이가 아버지에게 묻습니다.

"아빠, 어제 그 천둥 번개와 비바람과 추위 속에서 하나님은 무엇을 하고 계셨을까요?"

아이의 이야기를 들은 아버지가 아이에게 이렇게 말해줍니다.

"애야, 하나님은 어젯밤, 아침을 만들고 계셨을 거야! 오늘 같이 찬란한 아침을 말이다."

그러고는 아이를 꼬옥 껴안아줍니다.

한 토막의 잔잔한 이야기가 사자후를 토하는 설교보다 나을 때가 있는가 하면 숱한 훈계와 교훈보다 더 힘이 넘칠 때가 있습니다. 《아들아 1미터만 더 파보렴》 이후에 찬이와 준이에게 들려주었으면 하는 이야기들을 모았습니다.

그리고 이렇게 말해주고 싶었습니다.

"찬아, 준아, 탈무드에는 이런 말이 있단다. '값비싼 진주를 잃어버렸을 때 뜻밖에도 그것을 찾기 위해 필요했던 것은 하찮아 보이는 양초 한 자루였다.' 인생의 고비고비 굽이굽이마다 이 짧은 이야기를 통해 인생의 교훈과 감동을 찾아보렴!"

그래서 '이 세상에서 가장 좋은 것'은 바로 양초 한 자루 같은 이야기 속에 있다고 믿었습니다. 저는 제 아이 찬이와 준이가 무섭도록 보고 싶을 때면 어김없이 이런 글들을 읽고 또 읽었습니다. 그리고 아이들이 소화해낼 수 있도록 아버지의 목소리로 이야기들을 다듬어보았습니다.

어떤 이야기는 거친 숨결 그대로, 어떤 이야기는 따뜻하고 감미롭게 아버지의 숨결을 불어넣었습니다. 저는 또 이렇게 말해줄 것입니다.

"찬아, 준아! 아빠는 말이다, 너희가 보고 싶을 때면 언제나 이야기를 요리한단다. 그래서 아빠는 이야기 요리사가 되고 싶은 게지. 이 글들은 엄마가 아침상을 준비하듯 아빠가 차려주는 식탁이란다. 실컷 먹고 배불러보렴."

《아들아 1미터만 더 파보렴》 이후 또 한 번 정성스레 이 책을 다듬어 출판해준 살림에 감사드립니다. 그리고 나와 함께 행복한 가정을 가꾸며 사는 초록집 식구들에게도 이 마음을 전합니다.

1999년 11월
새로운 천년을 열며 초록집에서
촌장이라 불리는 송길원 드림

목 차

부부

마주 보는 한 쌍의 거울

등 돌리면 남

흔히 부부는 가깝고도 먼 사이라고 합니다.

마주 보고 누우면 세상에서 가장 가까운 사이이지만, 서로 등을 돌리고 누워 있으면 가장 먼 사이입니다. 지구를 꼬박 한 바퀴 돌아야 다시 만날 수 있기 때문입니다.

지구 한 바퀴는 4만 350킬로미터, 그러니까 등 돌린 부부 사이는 10만 리나 됩니다.

어떤 생일 선물

남자는 결혼하고 처음으로 아내에게 생일 선물을 준비했습니다. 그간의 빠듯한 형편은 작은 생일 선물조차 허용하지 않았기 때문입니다.

남자는 작은 나무상자에다 정성껏 준비한 선물을 넣은 다음 빨간 리본으로 묶었습니다. 생일날 아침, 떨리는 손으로 아내에게 나무상자를 건네주었습니다. 스르르 리본이 풀려나가고 뚜껑이 열리자 그 속에서는 500원짜리 동전과 100원짜리 동전이 쏟아져나왔습니다.

남자는 이렇게 말했습니다.

"미안해. 이것밖에 못해줘서…. 그래도 1년 동안이나 모은 거야. 나무상자에다 동전을 넣을 때마다 당신을 생각했어."

여자는 눈물이 핑 돌았습니다. 남편의 주머니 사정을 누구보다도 잘 알았기에 볼을 타고 흘러내리는 눈물을 멈출 수 없었습니다. 여자는 그 돈을 쓰는 대신 통장을 하나 만들었습니다. 형편이 나아진 뒤에도 남편의 나무상자는 해마다 한 번씩 건네졌습니다.

여자는 간혹 동창회에 나갔다가 다이아몬드 반지나 모피 코트를 선물로 받았다는 친구들의 자랑을 듣곤 합니다. 하지만 여자는 빙그레 웃기만 할 뿐입니다. 모피 코트보다, 다이아몬드 반지보다 더 소중하고 값진 선물이 무엇인지 알기 때문입니다.

지상에서 가장 아름다운 결혼식

어느 하숙집 딸이 자기 집에서 하숙하던 한 남학생을 짝사랑하게 되었습니다. 더구나 첫사랑이었기에 애절함은 더했습니다. 그 애절함을 일기장에 담기 시작했습니다. 얼마 지나지 않아 그녀의 두툼한 일기장은 온통 그 남학생 이야기로 가득 찼습니다.

어느 날 그녀는 식탁에서 일기를 쓰다 잠깐 자리를 비우게 되었습니다. 그 사이 주방에 들른 그 남학생이 일기장을 보았습니다. 호기심에서 일기장을 읽어나가던 남학생은 자기를 향한 그녀의 사랑이 그렇게도 깊은 줄 처음으로 깨달았습니다. 참으로 가슴이 따뜻해지는 것을 느꼈습니다.

'이렇게 나를 사랑하는 여자를 다시 만날 수 있을까?'

남자는 그녀와 결혼하기로 결심했습니다. 그러자 주변의 반대가 만만치 않았습니다. 친구들이 말했습니다.

"그건 동정이야. 사랑이 아니란 말야."

부모님도 어울리지 않는 결혼이라며 결사 반대했습니다. 지금까지 부모님 뜻을 거스른 적이 없던 남학생은 난생 처음 고집을 부렸습니다. 그의 굳은 결심에 드디어는 부모님도 뜻을 굽히고 결혼을 허락해주었습니다.

마침내 축복의 날이 되었습니다. 결혼식장에 들어선 하객들이 수군거렸습니다.

"신랑 쪽 반대가 말도 못했다지요?"

"그렇대요. 신부가 고등학교밖에 나오지 않았대요."

"아무리 봐도 너무 기우는 결혼이네."

이윽고 수군대는 하객들 사이로 신부가 입장하기 시작했습니다. 그런데 아버지의 팔짱을 낀 신부는 놀랍게도 다리를 심하게 절었습니다. 모든 사람의 눈길이 신부의 걷는 모습에 쏠렸습니다.

"신부가 소아마비를 앓았나 보네…."

"아이구, 저런…."

하객들의 수군거림은 신부의 귀에도, 신랑의 귀에도 들릴 정도였습니다. 모두들 안쓰럽다는 듯 혀를 차고 있었습니다.

그때, 먼저 입장했던 신랑이 이제 막 들어서는 신부를 향해 성큼성큼 걸어갔습니다. 그러고는 신부의 아버지에게 꾸벅 절을 하며 말했습니다.

"아버님, 제가 좀 일찍 데려가겠습니다."

신랑은 신부를 번쩍 안아들고 결혼행진곡에 맞춰 천천히 앞으로 걸어 나갔습니다. 순간 떠들썩하던 식장 안이 조용해졌습니다. 하객들의 얼굴에 차차 감동의 빛이 퍼져나가더니 하나둘씩 자리에서 일어나 박수를 쳤습니다. 여인네들은 저마다 손수건이나 옷소매로 눈물을 찍어냈습니다. 하객들은 여태껏 그렇게 아름다운 결혼식을 본 적이 없었습니다.

30년 동안의 기다림

만년설로 덮인 에베레스트산에는 수많은 전설과 이야기가 전해 내려옵니다. 그 중에서 에베레스트산 중턱의 어느 작은 마을에 전해지는 감명 깊은 사랑 이야기입니다.

이 산간 마을에 어느 날 한 젊은 처녀가 찾아왔습니다. 등산객처럼 보이지는 않았습니다. 그저 말없이 마을 앞 냇가에 멍하니 앉아 있을 뿐이었습니다. 생활에는 아무런 변화도 없었습니다. 밥 먹고 잠자는 시간말고는 언제나 냇가에 앉아 무언가를 기다리고 있는 듯했습니다. 마을 사람들이 궁금해서 물어보았지만 그녀의 굳게 다문 입은 열리지 않았습니다.

　세월은 흘러 1년이 지나고 2년이 지났습니다. 그리고 다시 10년이 지나고 20년이 지나고 30년이 지났습니다. 그 젊은 여인도 세월을 이기지 못하고 마침내 할머니가 되었습니다.

　그러던 어느 화사한 봄날, 냇가에 앉아 있던 그녀는 갑자기 벌떡 일어났습니다. 눈이 녹아 흘러내리는 냇물에 길쭉한 물체가 둥둥 떠내려오고 있었던 것입니다. 그녀는 냇물로 들어가 조심스럽게 그 물체를 끌어올렸습니다. 그것은 한 젊은 남자의 시신이었습니다. 백발이 성성한 할머니는 젊은 청년의 시신을 부둥켜안고 뜨거운 눈물을 흘렸습니다.

　그 청년은 그녀의 약혼자였습니다. 30여 년 전 에베레스트산에 올랐다가 발이 미끄러져 그만 눈 속에 묻히고 만 것입니다. 그녀는 믿었습니다. 언젠가는 눈이 녹을 것이고, 눈이 녹으면 시체라도 떠내려올 것이라고. 그리고 마침내 긴긴 세월의 여울을 건너 두 사람은 만났습니다.

금혼식장의 눈물

미국의 어느 조그만 마을에서 작은 축제를 준비하고 있었습니다. 결혼 50주년을 맞는 노부부의 금혼식이었습니다. 그런데 웬일인지 잔치의 주인공인 마샤 할머니의 얼굴은 썩 밝지 않았습니다. 마샤 할머니에게는 한 가지 근심이 있었기 때문입니다.

스무 살 꽃다운 나이에 시집온 뒤 남편에게 사랑하는 여자가 있었다는 사실을 알았습니다. 두 연인은 온 마을이 떠들썩할 만큼 진심으로 사랑했습니다. 그러나 부모의 반대에 부딪쳐 첫번째 연인과 헤어지고 결국 마샤 할머니와 결혼하게 되었던 것입니다.

할아버지와 살아온 지난 50년의 세월은 마치 조심스러운 살얼음판을 걷는 것 같았습니다. 언제든 남편이 자기 곁을 떠날 수도 있다고 생각했기 때문입니다. 손주들이 훌쩍 커버린 지금까지도 할머니는 늘 할아버지가 조심스럽습니다. 그러다가 이제 결혼 50주년을 맞게 되었습니다.

그런데 이 마을에서는 금혼식 때 인생에서 가장 소중하고 고마운 사람을 위해 축배를 드는 풍습이 있었습니다. 할아버지들은 대개 할머니들을 위해 축배를 들었습니다. 마샤 할머니의 걱정은 여기서 시작되었습니다. 할아버지는 자기 때문에 사랑하는 여자와 헤어져야 했습니다. 어쩌면 할아버지의 마음속에는 마샤 할머니를 원망하는 마음이 남아 있는지도 모릅니다.

하루하루 잔칫날이 다가올수록 마샤 할머니의 얼굴에는 짙은 그늘이

드리워졌습니다. 한숨도 늘어갔습니다.

금혼식날이 되었습니다. 마을 사람들은 50년 동안이나 해로한 노부부를 축하하기 위해 모여들었습니다. 마침내 축배의 시간이 되었습니다. 천천히 자리에서 일어선 할아버지는 한동안 주위를 돌아보았습니다. 마샤 할머니는 그 짧은 침묵의 시간이 말할 수 없이 고통스러웠습니다.

이윽고 할아버지가 입을 열었습니다.

"제 인생에서 가장 소중하고 고마운 사람이 있습니다. 그분을 위해 이 축배를 들고 싶습니다. 그분은 바로 제 부모님입니다."

마샤 할머니는 고개를 떨구고 가늘게 어깨를 떨었습니다. 하지만 계속 이어지는 할아버지의 말에 놀라움을 금할 수 없었습니다.

"철없던 젊은 시절, 제 부모님은 진정으로 사랑스럽고 한결같은 여인을 만나게 해주었습니다. 바로 지금의 제 아내입니다. 제 인생을 통틀어 가장 소중한 사람을 꼽으라면 당연히 아내를 꼽겠습니다."

말을 끝내고 그윽하게 할머니를 바라보는 할아버지의 눈에는 사랑과 존경의 빛이 가득했습니다. 할머니의 얼굴에는 오랜만에 따뜻한 눈물이 흘러내리기 시작했습니다.

결혼기념일 선물

어느 부부의 결혼 4주년 기념일 이야기입니다.

환자복 차림으로 이동침대에 누워 병실로 들어서는 남편을 보는 아내의 눈에는 눈물이 흐르고 있었습니다. 이제 아내가 수술실로 들어갈 차례입니다.

몇 년 전부터 신부전증을 앓아오던 아내는 증상이 악화되면서 인공투석으로 생명을 유지해오고 있었습니다. 제대로 먹지도 못하고 조금만 걸어도 숨가빠 하는 아내를 보면서 남편은 가슴이 아팠습니다. 보다 못한 남편은 주위 사람들과 아내의 반대를 무릅쓰고 신장 이식수술을 위해 조직검사를 받았습니다. 조금 전 남편은 자기 신장을 떼내는 수술을 받고 오는 길이었습니다.

남편은 눈물이 가득한 아내를 보며 말했습니다.

"오늘이 결혼기념일인 거 알고 있지? 축하해. 내 선물 받고 꼭 완쾌해야 돼."

아내는 남편의 손을 꼬옥 잡고 그저 고개만 끄덕일 뿐이었습니다.

장차 그대의 아내는 곱사일 것이다

독일의 유명한 작곡가 멘델스존의 할아버지 모세 멘델스존과 그의 아내 프롬체의 이야기입니다.

모세 멘델스존은 작고 괴상한 모습의 곱사였습니다. 젊은 시절 그는 아름다운 프롬체를 보는 순간 사랑에 빠지고 말았습니다. 그는 용기를 내어 그녀에게 다가갔지만 냉대만 당할 뿐이었습니다. 비탄에 잠겨 눈물만 흘리며 괴로워하던 그는 마침내 한 가지 결심을 했습니다.

'몇 번 퇴짜맞았다고 포기한다면 나는 나의 외모보다 못한 사람이다.'

모세 멘델스존은 다시 용기를 내어 프롬체를 찾아갔습니다.

하지만 프롬체의 냉대는 여전했습니다. 멘델스존은 부끄러움을 참으며 말문을 열었습니다.

"당신은 결혼이라는 것이 하늘에서 맺어주는 것임을 믿나요?"

"그래요. 당신도 그것을 믿나요?"

"그렇습니다. 내가 태어날 때 나에게도 미래의 신부가 정해져 있었습니다."

그런 다음 그는 이렇게 덧붙였습니다.

"그런데 신은 제게 이렇게 말씀하셨습니다. '하지만 그대의 아내는 곱사일 것이다'라고 말입니다. 저는 소리쳤습니다. '안 됩니다. 차라리 저를 곱사로 만들고 나의 신부에게는 아름다움을 주십시오!' 그렇게 해서 나는 곱사로 태어난 것입니다."

이 말에 프롬체는 감동하여 눈물을 흘리고는 이내 마음의 문을 활짝 열게 되었습니다. 두 사람은 곧 결혼했으며, 프롬체는 한평생 멘델스존을 헌신적으로 사랑했다고 합니다.

결혼기념일 —아내에게 바치는 말 10가지

● 당신을 사랑합니다.

사랑의 확인은 삶의 활력이요, 마지막 열매입니다.

● 오늘, 우리 그때로 돌아가 둘만의 시간을 가져봅시다.

늘 가정을 생각하느라 잊어버리기 쉬운 둘을 되찾아볼 기회입니다.

● 그때의 당신보다 오늘의 당신이 더 소중해요.

서로에 대한 필요는 날이 갈수록 더욱 간절해집니다.

● 오늘 우리에게는 소중한 선물이 많아졌어요.

시작은 둘이었지만, 사랑의 결실인 생명이 우리의 품에 있음은 무한

한 기쁨과 감사입니다.

● 늘 당신 곁에서 당신을 지켜줄게.

아내는 남편의 보호를 받을 때, 남편에게 의지할 때 큰 행복감을 느

낍니다.

● 언제나 처음과 같은 신선함을 당신에게서 느낄 수 있어요.
사람은 누구나 오늘의 권태로움에 짜증을 내기 마련입니다.

● 오늘은 우리에게 복된 날입니다.
반쪽의 불완전한 우리를 하나로 만든 날입니다.

● 나는 날마다 그 시간을 기억합니다.
수줍음과 설렘 속에 출발한 시작의 시간이 오늘의 삶에 신선한 활력
소가 됩니다.

● 당신은 나의 전부입니다.
당신으로 인하여 내가 존재합니다.

● 오늘은 당신을 여왕처럼 모시고 식사하고 싶소.
아내는 늘 남편 뒷바라지를 하지만, 이 가정의 진정한 여왕입니다.

하나가 된다는 것

《탈무드》에 이런 이야기가 있습니다.

몸뚱이는 하나인데 머리가 둘 달린 아이가 태어났습니다. 이 아이가 둘인지 하나인지 알아보려고 부모는 랍비에게 데려갔습니다. 랍비는 막대기로 한쪽 머리를 세게 때렸습니다. 그랬더니 맞은 쪽은 "아야!" 하고 얼굴을 찡그렸는데, 다른 쪽은 히죽 웃었습니다.

그러자 랍비가 말했습니다.

"이 아이는 하나가 아니고 둘입니다."

이처럼 둘이 만나 하나가 된다는 것은 기쁨과 슬픔을 함께 나누는 것입니다. 아플 때 함께 아파하고, 괴로울 때 함께 괴로워하는 사이가 바로 부부입니다.

이혼 선물

옛날 어느 나라에 서로 몹시 사랑하는 부부가 있었습니다. 이들은 서로 극진히 존중하고 아껴주어 늘 행복했습니다. 남편의 집안은 자손이 귀해서 초조하게 아이를 기다렸습니다. 그런데 어찌된 일인지 결혼 10년이 지나도 자식이 생기지 않았습니다.

이 나라에는 결혼한 지 10년이 지나도 아이가 없을 때는 이혼해도 좋다는 법이 있었습니다. 남편의 집안에서는 이 법에 따라 이혼하라고 권했습니다. 하지만 남편은 아내를 너무나 사랑했기 때문에 이혼은 생각조차 할 수 없었습니다. 고민 끝에 부부는 마을에서 가장 지혜로운 노인을 찾아갔습니다.

노인은 부부의 이야기를 듣고 잠시 깊은 생각에 잠겼습니다. 이윽고 노인은 부부를 따로 불러 귀엣말을 해주었습니다.

다음날 남편은 친척들에게 편지를 보냈습니다.

"우리 부부는 이혼하기로 결정했습니다. 그 동안 우리 부부를 도와주신 여러 친지들과 함께 마지막 파티를 열고자 하오니 부디 참석해주십시오."

드디어 이혼 파티를 하는 날이 되었습니다. 파티가 시작되자 사람들은 저마다 한마디씩 했습니다. 부인이 불쌍하다고 말하는 사람도 있었고, 아이를 낳지 못했으니 당연하다는 사람도 있었습니다.

파티가 끝날 무렵 남편이 앞으로 나가 말했습니다.

"우리 부부는 여전히 서로 사랑하고 존경합니다. 하지만 집안의 대를 잇기 위해 이혼이라는 어려운 결정을 내렸습니다. 헤어지는 아내를 위해 제가 가진 것 중에서 한 가지를 이혼 선물로 주고 싶습니다."

친척들은 찬성의 뜻으로 박수를 쳤습니다.

"집을 달라고 할 거야."

"아니야, 보석상자를 달라고 할걸?"

사람들은 그렇게 수군거렸습니다.

사실 그때 남편의 마음은 조마조마했습니다. 여기까지는 노인이 시키

는 대로 했지만, 아내가 도대체 무엇을 달라고 할지 몰랐기 때문입니다.

이윽고 아내가 앞으로 나왔습니다.

남편은 떨리는 목소리로 물었습니다.

"당신이 가장 갖고 싶은 것 한 가지만 말하오. 그것이 무엇이든 당신에게 기꺼이 주겠소."

아내가 남편을 애정 어린 눈으로 바라보며 대답했습니다.

"제가 가장 갖고 싶은 건…."

"갖고 싶은 건?"

"…바로 당신이에요. 당신을 주세요."

잠시 멍하게 서 있던 남편이 아내를 덥석 껴안았습니다.

순간 파티장은 물을 끼얹은 듯 조용해졌습니다. 친척들은 이 부부의 깊은 사랑에 감명받은 듯했습니다. 곧 잔잔한 박수 소리가 이어졌습니다.

결국 이혼은 취소되었고, 이듬해에는 그렇게 바라던 아이까지 얻었다고 합니다.

아름다운 참사랑의 모습

《라이프(Life)》에 '아름다운 참사랑의 모습'이라는 제목이 붙은 한 늙은 부부의 사진이 실린 적이 있습니다.

《라이프》기자가 영국을 방문중이던 어느 날이었습니다. 지하철 대합실 식당에 앉아 늦은 아침식사를 하고 있는데, 은발의 노부부가 서로를 부축하면서 들어와 앉았습니다. 마치 소꿉놀이하듯 정답게 앉아 남편은 비스킷을 주문하고 아내는 차 한 잔을 주문했습니다. 옷차림으로 보아 노부부는 퍽 가난해 보였습니다.

마침내 주문한 비스킷과 차가 나왔습니다. 남편은 천천히 비스킷을 먹기 시작하였고, 아내는 뜨거운 차를 몇 모금 마시면서 남편의 모습을 바라보았습니다. 아내의 눈에는 한없는 고요와 평화가 깃들어 있었습니다. 갑자기 남편은 자기가 먹던 비스킷의 반을 아내 쪽으로 밀어놓았습니다. 그러고는 틀니를 뽑아 냅킨으로 깨끗이 닦은 다음 아내에게 건네주었습니다.

아내는 그 틀니를 받아 끼우고는 천천히 비스킷을 먹기 시작했습니다. 남편은 아내가 마시던 찻잔을 받아들고 비스킷을 먹는 아내의 모습을 다정스러운 시선으로 바라보았습니다.

사진기자는 그 장면을 앵글에 담았습니다. 노부부는 비록 비스킷 한 조각을 반씩 나누어 먹고 틀니를 함께 써야 할 정도로 가난했지만, 서로 신뢰하고 사랑하는 마음만큼은 누구보다 부자였던 것입니다.

남편의 자리

아주 과묵한 남자가 있었습니다. 신혼 초부터 아기자기한 대화는 아예 없었으며, 아이를 낳은 뒤에도 마찬가지였습니다. 이윽고 아이들이 자라나 대화를 나눌 만한 나이가 되었지만, 남편은 조용히 구석에 앉아서 다른 식구들의 말을 들을 뿐이었습니다.

답답한 아내가 가끔 남편에게 말했습니다.

"뭐라고 얘기 좀 해보세요."

"뭐 할 얘기가 있어야지."

그렇게 과묵하던 남편이 죽자 아내는 한숨을 쉬면서 말했습니다.

"나를 혼자 두고 먼저 가다니…, 야속한 사람 같으니라구."

곁에 있던 아들이 물었습니다.

"아버지께서 살아 계실 때 한마디 말씀도 없으셨는데 무얼 그리 섭섭해 하세요?"

그러자 여자는 이렇게 대답했습니다.

"그래, 네 아버지는 지난 30년을 그렇게 살았지. 있는 듯 없는 듯 말이야. 하지만 그저 앉아 있기만 해도 나는 든든했단다."

한눈에 반했다?

약간 우스운 소리를 하나 할까 합니다.

젊은 남녀가 펜팔을 통해 알게 되었습니다. 시간이 지날수록 못 견디게 서로가 보고 싶어졌습니다. 드디어 두 사람은 만날 장소와 시간을 정했습니다.

설레는 가슴을 안고 약속 장소로 나간 처녀는 그러나 큰 충격을 받고 말았습니다. 뜻밖에도 총각은 애꾸였던 것입니다.

화가 난 처녀가 소리쳤습니다.

"나는 당신이 그런 사람인 줄 몰랐어요. 어떻게 그렇게 중요한 사실을 감추었죠? 다시는 당신을 만나지 않을 거예요."

그러자 총각도 화를 버럭 내면서 외쳤습니다.

"나는 이미 다 밝혔는데 왜 이제 와서 딴소립니까?"

처녀는 더욱 화가 났습니다.

"도대체 무슨 소리예요? 당신이 언제 밝혔다고 그러세요?"

그러자 총각의 항변이 재미있습니다.

"두번째 편지 보낼 때 한눈에 반했다고 그러지 않았습니까?"

벤저민 플랭크린은 젊은이들에게 "결혼 전에는 두 눈을 뜨시오. 그러나 결혼 후에는 한 눈을 감으시오"라고 충고했습니다. 결혼 전에는 두 눈을 뜨고 내 짝인가를 잘 살펴야 하며, 결혼 뒤에는 한 눈을 감고 상대의 허점을 감싸주어야 한다는 뜻일 겁니다.

남편의 기를 살리는 말

- 여보, 아이가 당신 닮아서 저렇게 똑똑한가 봐요.
- 내가 결혼 하나는 잘했지.
- 내가 당신을 얼마나 존경하는지 모르죠?
- 역시 당신밖에 없어요.
- 제가 시어머니 복은 있나 봐요.
- 당신이라면 뭐든지 할 수 있어요.
- 당신 덕분에 이렇게 잘살게 되었잖아요.
- 여보, 당신 곁에 사랑하는 가족들이 있는 것 아시죠?
- 당신 없이 난 하루도 못 살 거야.
- 당신은 언제 봐도 멋있어요.
- 세상에 당신 같은 사람이 또 있을까요.
- 당신은 다른 남자들과는 질적으로 달라요.
- 당신 품에 있을 때가 가장 편안해요.
- 당신을 보고 있으면 마음이 따뜻해져요.
- 당신과 함께 있으면 시간 가는 줄 모르겠어요.
- 당신은 특별한 사람이에요.

남편의 기를 죽이는 말

- 당신 월급이 얼마인지 알기나 해요?
- 당신이 뭐 하나 제대로 하는 게 있어요?
- 당신 식구들은 왜 전부 그 모양이에요?
- 군대나 제대로 갔다 왔어요?
- 당신은 잘릴 줄 알았어요.
- 옆집 김 과장은 또 승진했대요.
- 아이들이 당신보고 뭐라고 그러는 줄 알기나 해요?
- 머리가 없으면 정력이나 좋든지.
- 복도 지지리도 없지. 어떻게 이런 남자를 만났을까.
- 아이들이 뭘 보고 배우겠어요. 제대로 좀 해요.
- 어쩌면 그렇게 어머님(아버님)하고 똑같아요?
- 당신하고 사는 게 정말 지겨워요.
- 남자가 속은 좁아가지고.
- 사람이 어째 그리 꿈도 없고 포부도 없어요?
- 당신은 큰일을 할 위인이 못 돼.
- 아이들도 당신만 오면 다 피하는 거 알아요?
- 그때 그 사람하고 결혼했어야 했는데.
- 동네 창피해서 당신하고 못살겠어요.

행복한 부부의 비결

미국의 여성잡지 《레이디스 홈 저널》에서 '행복한 부부들이 말하는 결혼생활의 비결'을 공모한 적이 있습니다.

1등상은 이렇게 말한 부부에게 돌아갔습니다.

"우리가 행복하게 사는 비결은 서로 사랑하고 좋아하는 데 있습니다. 우리는 상대가 무슨 말을 하든 끝까지 들어주고, 언제나 웃음을 잃지 않습니다."

2등상 부부의 말.

"우리는 결혼생활을 이해로 시작하지는 않았습니다. 6년 반이라는 결혼생활 동안 각자 서로의 재능을 발견하는 즐거움으로 완전한 일체감을 이루게 되었습니다."

3등상 부부의 말.

"우리는 다툴 일이 생기면 먼저 입씨름을 하기 전에 상대방의 두 손을 꼭 잡죠. 그렇게 하면 서로의 체온이 느껴지고, 따뜻한 정이 통하게 됩니다. 그러다 보니 싸움이 되지 않더군요."

해로동혈

'해로동혈(偕老同穴)'이라는 고사성어가 있습니다. 살아서는 같이 늙고 죽어서는 같은 구멍에 묻힌다는 뜻으로, 부부의 금슬이 좋을 때 쓰는 말입니다. 이 고사에는 다음과 같은 아름답고 비극적인 이야기가 전해지고 있습니다.

기원전 680년 춘추시대가 막 시작될 무렵, 초나라가 식국(息國)이라는 나라를 침범했습니다. 전쟁에서 패한 식국의 왕은 초나라의 포로가 되고, 아름다운 그의 부인은 초나라 왕의 아내가 될 것을 명령받고 초나라의 궁에 들게 되었습니다.

그러나 부인은 죽으면 죽었지 다른 남자의 아내가 될 수는 없다고 생각했습니다. 그래서 이리저리 핑계를 대며 결혼식을 미루던 어느 날, 초나라 왕이 궁을 비운다는 것을 알아냈습니다. 부인은 이때를 놓치지 않고 포로로 잡혀 있는 남편을 만났습니다. 부부는 서로의 얼굴을 어루만지며 눈물을 흘렸습니다.

이윽고 눈물을 거둔 부인이 말했습니다.

"저는 한시도 당신을 잊을 수 없었답니다. 이제 당신 얼굴을 보았으니 됐어요. 무슨 일이 있어도 이 몸을 다른 사람에게 바칠 수는 없어요. 당신과 함께 살지 못한다면 차라리 죽어 땅 속으로 들어가겠습니다."

아내의 말에 남편은 가슴이 찢어지는 듯했습니다.

"부인, 우리 이렇게 같은 하늘을 이고 있다는 것에 만족하고 삽시다.

내 부인의 마음 알고 부인 또한 내 마음을 알고 있으니, 그밖에 또 무엇이 중요하겠소."

그러나 부인은 다음과 같은 시를 지어놓고 끝내 자결하고 말았습니다.

살아서 곧 방을 달리해도
죽어서는 곧 무덤을 같이하리.
이 몸을 믿을 수 없다시면
밝은 태양과 같이 있으리.

부인이 남긴 시를 읽은 남편은 아무것도 먹지 않았습니다. 마시지도 않았습니다. 그러다가 며칠 뒤 부인의 뒤를 따라 세상을 떠났습니다.

가정 전선이 무너지고 있다

맥아더 2세는 한때 존 포스터 덜레스 아래에서 일한 적이 있습니다. 둘은 지독히도 일에 열중하는 사람이었습니다.

어느 날 덜레스가 맥아더의 집으로 전화를 걸었습니다. 그런데 맥아더의 부인은 보좌관의 전화로 착각하고 이렇게 외쳤습니다.

"맥아더는 그 사람이 있는 곳에 있어요. 주말이든 토요일이든, 밤이든 낮이든 할 것 없이 늘 그의 사무실에 있단 말이에요!"

여기저기 수소문한 끝에 맥아더의 위치를 알아낸 덜레스는 이렇게 말해주었습니다.

"여보게, 급히 집으로 가보게. 가정 전선이 무너지고 있단 말일세."

우리나라 40대 남성이 가장 잘 빠지는 함정이 '일 중독'이라고 합니다. 물론 일은 중요합니다. 한 남자의 성취욕을 높여주고 경제적인 여유를 가져다 주기 때문이지요. 하지만 그 '일'이라는 것이 가정의 행복을 파괴한 대가라면 가히 '중독'이라 부를 수 있을 것입니다.

아내의 기를 살리는 말

- 당신 음식 솜씨는 일품이야.

- 역시 나는 처복이 많아.

- 역시 장모님밖에 없어.

- 당신, 살림엔 타고난 소질이 있나 봐.

- 당신은 멀리서도 한눈에 띄어.

- 당신은 뭘 입어도 폼이 난다니까.

- 당신 웃을 때 보면 꼭 사춘기 여고생 같아.

- 당신, 장모님 닮아 그렇게 이해심이 넓은 거 맞지?

- 난 아직도 연애할 때 생각하면 마음이 막 떨려.

- 아마 당신 같은 사람 찾아내기는 쉽지 않을걸?

- 당신 마음 씀씀이를 보면 내가 부끄러워질 정도야.

- 당신 기억력 보통이 아닌데?

- 당신은 나한테 너무 과분해.

- 당신 그럴 땐 너무 예뻐. 당신은 안 꾸며도 예뻐.

아내의 기를 죽이는 말

- 당신도 돈 좀 벌어와봐.

- 누가 그 어미에 그 딸 아니랄까 봐.

- 화장품 바르면 뭐 해. 호박이 수박 되나?

- 짜는 소리 좀 하지 마.

- 밖에 나가서 딴 여자들 하고 다니는 것 좀 배워.

- 살림을 하는 거야, 말아먹는 거야?

- 바지 터지겠다. 아는 건 먹고 자는 것밖에 없지?

- 집구석이라고 들어오면 편안해야지.

- 지금 무슨 뜻인 줄 알고나 하는 소리야?

- 쓸데없는 소리 하지 말고 잠이나 자.

- 아이들이 뭘 보고 배우겠어?

언제나 당신과 함께

어떤 부부가 철길을 건너고 있었습니다. 그런데 아내의 발이 미끄러져 철로와 침목 사이에 끼고 말았습니다. 바로 그때 기차가 모퉁이를 돌아 돌진해오고 있었습니다. 그녀는 미친 듯이 발을 빼려 애썼고, 남편도 그녀를 빼내려고 갖은 애를 썼습니다.

기관사도 부부를 발견한 듯 쇳소리를 내며 급정거를 시도했습니다. 그러나 기차는 점점 부부를 덮쳐오고 있었습니다. 두 사람이 피하는 것은 불가능해 보였습니다. 이제 곧 기차는 이 부부를 깔고 지나갈 것입니다.

그때 겁에 질려 지켜만 보던 구경꾼들의 귀에 절규하는 듯한 부인의 말이 아주 또렷이 들려왔습니다.

"여보! 난 빠져나갈 수 없어요. 당신만이라도 얼른 피하세요."

기차가 그들을 덮치기 바로 직전 남편은 부인을 꼭 안으며 이렇게 외쳤습니다.

"여보! 나는 언제까지나 당신과 함께 있을 거요."

그들 부부는 이제 없지만, 그들이 남긴 말은 우리에게 긴 여운을 전하고 있습니다.

사랑은 고백하는것

영국의 사상가 토머스 칼라일은 역사와 문필에도 능한 인물입니다. 하지만 가정에서는 신경질이 심한 편이었습니다.

그의 아내는 결혼생활 내내 단 한순간도 행복을 느끼지 못했습니다. 아무리 생각해봐도 남편이 자기를 사랑하는 것 같지 않았고, 또 앞으로도 사랑할 것 같지 않았습니다. 결국 삶의 희망을 잃고 방황하던 그의 아내는 스스로 목숨을 끊고 말았습니다.

누가 보아도 토머스 칼라일은 좋지 않은 남편이었습니다. 그러나 아내가 죽은 뒤 토머스 칼라일은 다른 얘기를 하고 있습니다.

"아무도 내 속을 모른다. 단 5분만이라도 좋다. 아니, 2분만이라도 좋다. 아내가 다시 살아난다면 꼭 하고 싶은 말이 있다. 그것은 내가 아내를 사랑하고 있다는 사실이다. 그런데 아내는 내가 사랑하고 있다는 사실을 모르고 죽었다. 나는 이 말을 영원히 전할 수 없게 되었다. 누가 이 마음을 알아줄까? 나는 내 아내를 진심으로 사랑했다."

토머스 칼라일이 진작 고백했더라면 그 부인은 과연 스스로 목숨을 끊었을까요? 그래서 많은 사람들이 사랑은 고백하는 것이라고 말합니다.

하나님이 죽었습니다

마틴 루터가 실망에 빠져 있을 때의 일입니다. 의기소침해 있는 남편을 안쓰럽게 여긴 루터의 아내는 한 가지 묘안을 찾아냈습니다. 그녀는 갑자기 검은 상복을 입고 남편 앞에 나타났습니다. 아내를 본 루터는 눈이 휘둥그레져서 물었습니다.

"누가 죽었소?"

이때 아내의 대답이 걸작입니다.

"하나님이 죽었습니다."

하나님이 죽지 않고서야 당신이 그렇게 실망할 리가 없다는 것입니다. 이처럼 상징적인 행동으로 루터의 아내는 남편의 영적인 시련을 격려했습니다.

아내는 남편을 돕는 배필입니다. 루터에게는 이렇게 지혜로운 아내가 있었습니다.

남편이 천당 간다면 저는 지옥 가겠어요

　교회에 잘 나오던 어느 부인이 몇 주일째 예배에 참석하지 않자 이를 궁금하게 여긴 목사가 부인의 집을 찾아갔습니다. 마침 남편은 출근하고 없었는데, 병상에 누워 있으려니 했던 부인은 뜻밖에도 건강한 모습으로 집안일을 하고 있었습니다.

　"아프신 줄 알았는데 그게 아니었군요."

　"아니, 제가 왜 아파요?"

　"아프지도 않은데 교회는 왜 빠지셨나요?"

　목사의 질문에는 아랑곳하지 않고 부인은 이렇게 되물었습니다.

　"목사님, 교회에 다니면 천당에 가지요?"

　"교회에 다니면서 열심히 예수님을 믿으면 천당 가지요."

　"그러면 우리 남편도 천당에 가겠네요? 부지런히 교회에 나가고, 또 장로 아닙니까."

　"그렇고말고요."

　"그럼 저는 교회에도 안 나가고 예수님도 안 믿을랍니다."

　부인의 말에 깜짝 놀란 목사가 물었습니다.

　"도대체 그게 무슨 말씀입니까?"

　"그 영감하고 이 세상에서 같이 사는 것만도 지긋지긋한데, 저 세상까지 같이 갈 마음은 없어요. 그럴 바에야 차라리 지옥으로 가겠어요."

아내에게 가장 귀중한 보물

성을 점령한 적장이 다음과 같은 포고를 내렸습니다.

"이 성 안에 있는 부녀자와 어린이는 가장 귀중한 보물 하나씩만 챙겨서 오늘밤 12시 안으로 성을 떠나라!"

부녀자들은 사랑하는 남편을 비롯한 집안 식구들이 적의 손에 죽을 것을 생각하니 애간장이 녹는 듯했습니다. 그러나 목숨을 부지하기 위해, 어린아이를 위해 각자 귀중한 보물 하나씩을 들고 성문을 빠져나가기 시작했습니다.

그때 한 여자가 어떤 남자를 업고 성문을 빠져나가다가 적장에게 붙들렸습니다.

"어디라고 사내를 데리고 나가느냐? 너마저 죽고 싶으냐?"

적장은 호령하였습니다.

그러자 여자는 눈 하나 깜짝 않고 대들었습니다.

"장군께서 우리에게 약속하시기를 가장 귀중한 보물 하나를 들고 나가라고 하지 않았습니까? 제가 등에 진 남자는 장군에게는 하찮은 것이오나 제게는 가장 귀중한 보물입니다. 바로 제 남편입니다. 그러니 잘못됐다고 할 수 없지 않겠습니까?"

조강지처를 버릴 수 없는 이유

후한의 시조인 광무제 밑에서 대사공 벼슬을 지낸 송홍의 이야기입니다. 송홍은 매우 가난하게 지내다가 광무제를 만나 높은 벼슬에 오른 인물입니다. 송홍에게는 어려웠던 시절 결혼한 아내가 있었습니다. 그런데 광무제가 보니 자기 누이인 호양 공주가 송홍을 사모하고 있었습니다.

광무제도 송홍과 누이가 결혼하면 좋겠다고 생각했으나, 송홍은 이미 아내가 있는 터라 어떻게 해볼 도리가 없었습니다. 하루는 광무제가 꾀를 내어 공주와 송홍을 불러놓고 이렇게 물었습니다.

"어떻소? 부자가 되면 친구를 바꾸고, 지위가 높아지면 아내를 바꾼다고 하지 않소? 그대는 이것을 어떻게 생각하오?"

광무제가 무엇을 말하려고 하는지 금세 알아차린 송홍은 이렇게 대답했습니다.

"아닙니다. 가난할 때의 벗을 잊어서는 안 되고, 조강지처를 저버려서는 더더욱 안 되는 것이 바른 법도인 줄 압니다."

이에 공주는 더 이상 방도가 없음을 깨닫고 송홍을 단념했다는 이야기입니다.

여기서 조강지처의 '조'는 술찌끼, '강'은 쌀겨라는 뜻입니다. 즉 술찌끼와 쌀겨로 끼니를 이어가며 가난한 살림을 꾸린 아내를 말합니다.

돕는 배필이 된다는 것

미국 성경통독회 회장의 아내인 댈런 윌킨슨은 성경을 읽어 내려가다가 무척 놀라운 이치를 발견했습니다. '돕는 배필'이라는 말의 어원과 뜻이 매우 재미있었기 때문입니다.

돕는 배필이란 '필요한 것이나 부족한 것을 공급한다'는 뜻입니다. 돕는 배필의 히브리어 원문은 '에셀케네그도'인데, '에셀'이란 '도움' 또는 '돕는 자'라는 뜻으로 대개 하나님께서 그의 백성을 도와주실 때 쓰는 말이었습니다.

"내가 산을 향하여 눈을 들리라. 나의 도움(에셀)이 어디서 올꼬. 나의 도움(에셀)이 천지를 지으신 여호와에게서로다."(시편 121:1~2)

"여호와를 의지하라. 그는 너희 도움(에셀)이시요, 너희 방패이시로다."(시편 115:9)

여기서 쓰인 말이 바로 '에셀'입니다.

하지만 에셀이 단지 '조수'를 뜻하는 것만은 아닙니다. 오히려 '구원자'라는 뜻을 담고 있습니다.

게다가 〈히브리서〉 13장 6절은 "주는 나를 돕는 자시니"라고 했습니다. 즉 그분은 우리를 돕는 분이십니다. 그분의 도움 없이 우리의 삶은 완성될 수 없습니다.

그러므로 돕는 배필이 될 때 여성은 하나님의 성품에 가장 가까이 다가갈 수 있습니다. 돕는 배필이 된다는 것은 여성에게 부여된 하나의 특권입니다. 여성의 도움 없이 남성은 완성될 수 없습니다.

이것이 여성에게 베푸신 하나님의 은혜입니다. 따라서 돕는 배필이 된다고 해서 아쉬워하거나 손해보았다고 여길 아무런 이유도 없습니다. 오히려 기뻐하고 또 기뻐해야 할 일입니다. 이것이야말로 여성의 새로운 발견입니다.

아내의 찢어진 손

한 남자의 성공 뒤에는 알게 모르게 아내의 내조가 숨어 있습니다. 하지만 그것이 세상에 알려지는 경우는 매우 드뭅니다.

영국의 정치가 비콘스필드에게는 헌신적인 아내가 있었습니다. 그가 가는 곳이면 어디나 동행해 손발이 되어주었습니다.

비콘스필드가 수상으로 있을 때의 일입니다.

의회에서 시정 연설을 하기로 한 날, 그의 부인도 수상을 따라가게 되었습니다. 그런데 비콘스필드의 부인은 차에 올라타다가 그만 문틈에 손이 끼여 큰 상처를 입었습니다. 하지만 부인은 피까지 흘러내리는 상황에서도 남편이 눈치채지 못하도록 태연자약하게 행동했습니다. 물론 의회 연설이 끝날 때까지 방청객 틈에 앉아 있었습니다.

연설이 끝나고 집으로 돌아오는 길에 부인은 손의 상처가 너무 심한 나머지 그만 기절하고 말았습니다. 더 이상 고통을 참을 수 없었던 것입니다. 뒤늦게 모든 사실을 알게 된 수상은 아내의 헌신적인 마음과 행동에 감격해 마지않았습니다.

지옥에서 악처와 함께 살기

어느 날 한 유대인이 랍비에게 하소연했습니다.

"랍비님! 저의 집은 비좁으며 아이들은 줄줄이 딸렸습니다. 마누라로 말하자면 세상에 이런 악처는 다시 없답니다. 아마도 이 마을에서 가장 형편없는 여편네일 겁니다. 우리 집은 지옥입니다. 랍비님, 어쩌면 좋죠?"

유대교는 크리스트교와 달라서 랍비의 허락을 받으면 이혼할 수 있었습니다. 눈치를 챈 랍비는 엉뚱한 질문을 던졌습니다.

"염소를 갖고 있나?"

"물론입죠. 유대인치고 염소 없는 사람이 있을라구요."

"그러면 염소를 집 안에 넣어 기르도록 하게."

사내는 고개를 갸우뚱거리면서도 랍비의 말대로 했습니다. 하지만 다음날 다시 찾아왔습니다.

"랍비님! 못된 여편네에다가 염소까지 함께 살라구요! 이젠 더 이상 견딜 수 없어요!"

랍비가 다시 물었습니다.

"닭도 치고 있나?"

"물론이죠. 도대체 닭을 치지 않는 유대인도 있다고 생각하십니까?"

"그러면 닭을 모두 집 안에 넣어 기르도록 하게."

사내는 그대로 했고, 이튿날 또 찾아왔습니다.

"랍비님! 이젠 정말 못 견디겠어요!"

"그렇다면 이번에는 염소와 닭을 밖으로 내보내고 내일 다시 한번 더 오게."

이튿날 다시 찾아온 사내는 뭔가 다른 모습이었습니다. 생기발랄하고 두 눈은 흡족하게 빛나고 있었습니다.

"랍비님, 염소와 닭을 내보냈어요. 이제 우리 집은 그야말로 천국 같습니다."

나쁜 태도 10가지 유형

입술의 30초가 가슴의 30년이 된다고 했습니다. 무심코 내뱉은 한마디가 아내의 가슴에, 남편의 가슴에 오랜 세월 동안 응어리를 남길 수 있습니다. 이화여대 사회복지관의 자료에 따르면, 아래와 같은 행동은 피해야할 태도입니다.

● 회피형

　방을 떠나거나, 잠을 자버리거나, 바쁜 척하는 사람

● 가짜 적응형

　무조건 양보하거나 아무 일도 일어나지 않은 것처럼 행동하는 사람

● 주제 변경형

　대화가 갈등 영역에 접근할 때마다 주제를 바꾸는 사람

● 마음을 읽는 형

　상대방의 마음을 다 읽고 있는 듯한 태도를 취하는 사람

● 비위만 맞추는 형

　상대의 비난을 견디지 못해 늘 기쁘게만 해주려고 하는 사람

● 보따리를 메고 다니는 형

화가 났을 때 바로 표현하지 않고, 차곡차곡 보따리 속에 쌓아두었
다가 한꺼번에 마구 퍼붓는 사람

● 허리 아래를 치는 형

상대가 가장 민감하게 생각하는 약점, 즉 외모나 가정 배경, 과거의
행동 등을 들추는 사람

● 움켜쥐는 형

밥을 해주지 않거나, 잠자리를 거부하거나, 인사를 하지 않는 등 상
대가 원하는 행동을 움켜쥐는 사람

● 언제나 옳다고 주장하는 형

상대의 말을 전혀 들으려 하지 않고 무조건 자기가 옳다고 말하는
사람

● 애정 고집형

"우리가 정말 사랑한다면 이런 건 전혀 문제가 안 돼" 하는 식으로
사랑이 모든 문제를 해결해준다고 주장하는 사람

나다니엘 호손의 아내

나다니엘 호손은 직장에서 해고당하고 힘없이 집으로 돌아왔습니다. 그러고는 아내에게 실직했노라고 솔직하게 고백했습니다.

그런데 아내는 전혀 뜻밖의 반응을 보였습니다. 남편의 실직을 같이 아파하고 앞날을 걱정해야 마땅한데, 오히려 기뻐하는 것이었습니다. 이제부터 오직 글쓰는 작업에만 전념할 수 있다는 것이 그 이유였습니다.

하지만 남편의 입장에서는 가정의 생계를 걱정하지 않을 수 없었습니다. 그러자 아내는 돈을 한 뭉치 꺼내놓으면서 그를 안심시켰습니다. 아내의 세심한 배려와 사랑에 감동한 호손은 그날부터 글을 쓰기 시작하여 불후의 명작을 남겼습니다. 그 작품이 바로 19세기 미국 문학의 걸작으로 꼽히는 《주홍글씨》입니다.

이브에게는 시어머니가 없었다

이브의 장수 비결에 관한 많은 연구가 있었습니다.

환경학자들은 깨끗한 환경 덕분이라고 했고, 인류학자들은 인류의 종족 번식을 위해서 그랬다고 했습니다. 역사학자들은 본래 역사적인 인물들은 수명이 긴 법이라고 했습니다. 하지만 어느 것 하나 명확한 답이 되지 못했습니다.

그러다가 모든 사람이 수긍할 만한 답을 하나 찾아냈습니다. 이브에게는 시어머니가 없었기 때문이라는 것입니다.

비록 우스갯소리이지만, 오늘날 우리가 겪고 있는 고부 갈등의 단면을 드러내주는 이야기입니다. 그래서 고부 갈등은 요르단강을 건너야만 해결된다는 말도 나옵니다.

하지만 정말 현명한 아내는 시부모와의 껄끄러운 관계를 지혜롭게 잘 풀어갈 줄 압니다. 얼마 전 기독교 가정사역 연구소가 실시한 설문 조사에 따르면, 남편들은 자기 마음을 잘 이해해주는 아내를 가장 매력적이라고 했습니다. 그 다음이 시부모를 잘 섬기는 아내였습니다.

따라서 시부모를 지혜롭게 섬기는 일은 가장 풀기 어려우면서도 동시에 잘만 하면 남편의 마음을 가장 편하게 해주는 일이 될 수도 있습니다. 바로 여기에 아내 됨의 매력이 있습니다.

이심전심

어떤 목사가 경제적으로 몹시 어려운 처지에 놓인 집을 방문했습니다. 잠시 남편이 자리를 비우자 부인이 이렇게 말했습니다.

"요즘 남편은 말이 없어요. 애써 감추려고 하지만 그가 고민하고 있다는 것을 나는 잘 알아요. 기회를 보아 남편에게 용기를 북돋워주세요. 그는 진실한 사람이에요."

부인은 부드럽게 웃음지으며 말했지만 복받쳐오르는 슬픔을 이기지 못해 두 눈 가득 눈물이 고였습니다.

잠시 후 상황이 바뀌어 목사와 남편만 남게 되었습니다. 그러자 이번에는 남편이 입을 열었습니다.

"요즘 일이 잘 안 풀려서 아내가 퍽 우울한가 봐요. 떠나시기 전에 틈을 내어 제 처 좀 위로해주세요."

다음날 아침 목사는 집을 떠나기 전 그 부부에게 이렇게 말했습니다.

"두 분에게는 아무 문제도 없을 겁니다. 자기보다 상대방을 먼저 생각해주는 두 분의 모습은 참 보기 좋았습니다. 두 분은 어떠한 난관도 헤쳐나갈 수 있을 겁니다."

진정한 부부라면 어떤 한 사람이 다른 사람을 일방적으로 보호해주지 않습니다. 여자는 너무나 연약한 존재이기 때문에 언제나 남편한테 보호받고 대접받아야 한다고 믿는 사람들을 만나곤 합니다. 그런 자세로는 행복한 가정을 만들어갈 수 없습니다.

사랑에는 쌍방향 원리가 작용합니다. 어느 한 사람의 희생과 섬김만으로는 사랑이 완성되지 않습니다. 사랑은 반드시 두 사람의 노력이 함께 있어야 하고, 두 사람이 서로를 아껴주어야만 돈독해집니다.

아내여, 정말 고맙소!

어떤 사람이 IMF 위기를 맞아 본의 아니게 많은 빚을 지게 되었습니다. 게다가 믿음마저 흔들려 하나님과 교회는 물론 아내와 자식 볼 면목마저 없어졌습니다.

하루는 괴로운 마음을 달래려고 밤늦게까지 거리를 거닐며 오랫동안 방황하다가 새벽녘에야 집에 돌아왔습니다. 그런데 그 늦은 시간에도 집안팎에 불이 환하게 켜져 있었습니다. 자는 줄 알았던 아내도 몸가짐을 단정히 하고 다소곳하게 남편을 맞아주었습니다.

남편이 들어서자 아내는 말했습니다.

"제가 당신에게 꼭 드릴 말씀이 있어서 지금까지 기다렸어요."

아내는 잠시 숨을 고르더니 이렇게 말했습니다.

"여보, 저는 당신의 진실을 믿습니다. 사업은 비록 부도가 났지만 당신의 진실은 부도나지 않았다는 것을 믿습니다. 당신은 결코 나쁜 사람이 아닐뿐더러 다시 일어설 수 있다는 것을 확신합니다. 그 옛날 욥이 다시 하나님의 축복을 받아 일어난 것처럼 당신도 그러리라 믿습니다. 그리고 저는 변함없이 당신을 사랑합니다. 그 어느 때보다도 지금의 당신을 가장 좋아합니다. 그리고 오늘까지 변함없이 살아온 당신을 존경합니다."

실의에 빠진 그 사나이의 눈에서 눈물이 떨어지기 시작했습니다. 아내가 그렇게 고마울 수 없었습니다.

자기도 모르게 아내 앞에 거듭 고개를 숙여가며 절을 했습니다. 그러고

나서 마침내 부부는 함께 부둥켜안고 울었습니다.

이것이 바로 아내의 진정한 매력입니다.

아내의 매력은 결코 외모나 살림 솜씨에서 나오지 않습니다. 아내의 진정한 매력은 착한 마음에서 나옵니다.

충분한 사랑

충분한 사랑이 정복할 수 없는 어려움이란 없습니다.

충분한 사랑이 치료할 수 없는 병도 없고

충분한 사랑이 열 수 없는 문도 없고

충분한 사랑이 건널 수 없는 해협도 없으며,

충분한 사랑이 무너뜨릴 수 없는 벽도 없고

충분한 사랑이 뉘우치게 할 수 없는 죄도 없습니다.

근심의 뿌리가 얼마나 깊은지는 문제가 되지 않습니다.

앞날이 얼마나 절망적으로 보이는지도

매듭이 얼마나 단단한지도 문제가 되지 않습니다.

충분한 사랑은 이 모든 것을 녹여버릴 것입니다.

충분히 사랑할 수만 있다면 우리 모두는

이 세상에서 가장 행복한 사람이 될 수 있습니다.

-에멧 팍스

남편을 위한 10계명

- 아내를 관리하지 말지니, 아내는 재산이 아니라 파트너이다.
- 부부간에 일단 정지 신호를 놓지 말지니, 계속되지 않는 사랑은 식게 되느니라.
- 가정은 정거장이 아니니 기다리지 말고 먼저 다가가라.
- 아내를 혼자 있게 말지니, 머릿속에 남편이 없으면 이미 남남이니라.
- 아내를 남과 비교하지 말지니라.
- 찌푸리고 집에 들어가지 말지니, 가정은 병원이 아니니라.
- 아내 앞에서 으쓱대지 말지니, 허세는 금물이니라.
- 아내를 돈주머니로 여기지 말지니, 가정은 주식회사가 아니니라.
- 아내에게 훈장노릇을 하지 말지니, 사랑은 서로를 보충하는 것이니라.
- 비밀을 두지 말지니, 사랑은 서로를 아는 것이니라.

하나님, 제 남편 좀 사랑해주세요

남편의 마땅찮은 여러 행동이 마음에 거슬린 아내가 하나님 앞에 기도하기 시작했습니다.

"하나님, 제 남편 좀 사랑해주세요. 다른 사람처럼 제 남편도 사랑해주세요. 다른 사람에 대한 사랑의 100분의 1, 아니 1000분의 1만이라도 사랑해주세요. 그러면 제가 남편을 변화시킬 수 있을 텐데요."

그러자 하나님은 이렇게 말씀하시는 것이었습니다.

"딸아, 네가 뭔가 단단히 오해하고 있구나. 네 남편은 네가 사랑하거라. 변화시키는 것은 내가 하마."

변화는 하나님이 시작하십니다.

결혼 서약의 함정

아버지가 자녀를 행복하게 해줄 수 있는 가장 좋은 방법은 무엇일까요? 그것은 아이의 어머니, 즉 아내를 사랑해주는 일입니다. 이것은 가정 사역자 스티븐 A. 블리의 말입니다.

하지만 그게 말처럼 그리 쉽지는 않습니다. 왜냐하면 결혼이라는 제도 자체가 거짓말과 더불어 시작되기 때문입니다. 대부분의 결혼 서약은 "기쁠 때나 슬플 때나 건강할 때나 병들 때나 변함없이 사랑하겠는가" 하는 질문으로 시작됩니다. 그러면 너나 없이 "그렇게 하겠습니다"라고 대답하는 것으로 결혼 서약은 끝납니다. 하지만 그 서약을 그대로 지키면서 사는 부부는 이 세상에 거의 없습니다.

이유는 간단합니다. 두 사람 모두 상대방이 무엇 때문에 슬퍼하고 무엇 때문에 고민하는지 모르기 때문입니다. 그래서 결혼은 서약부터 거짓말로 시작된다고 하는 것입니다.

입을 다문 아내

프랑스의 베르사유에 살았던 루니엘 부인의 실화입니다. 1824년 어느날, 루니엘 부인은 궁전 고문 변호사였던 남편과 사소한 말다툼을 벌이고 있었습니다. 남편은 마침 궁전의 복잡한 사건 때문에 머리가 지끈거릴 때여서 부인이 자꾸 잔소리를 하자 이렇게 윽박질렀습니다.

"그만 떠들고 입 닥쳐!"

그뒤로 부인은 입을 다문 채 전혀 말을 하지 않았습니다. 처음에는 몸에 이상이 생겼나 싶었지만 그게 아니었습니다. 답답해진 남편이 무릎을 꿇고 빌었지만 소용없었습니다. 가족들이 사정해도 마찬가지였습니다.

한 달이 지나고 일 년이 지나도 부인은 입을 열 줄 몰랐습니다. 그러다가 딸이 결혼하게 되자 어머니로서 승낙한다는 말을 해야 할 상황이 되었습니다. 남편은 이제는 굳게 다문 입을 열겠지 싶었습니다. 하지만 부인은 고개만 약간 끄덕였을 뿐 결코 입을 열지 않았습니다. 그렇게 30년 동안 침묵의 시위를 벌이다 부인은 눈을 감았습니다. 심지어 숨을 거두면서도 유언을 남기지 않았습니다.

아내는 남편의 말 한마디에 쉽게 상처받고, 그 상처 때문에 평생을 신음할 수 있습니다. 반대로, 말 한마디에 쉽게 감동하고 변할 수도 있습니다. 수줍게 내민 남편의 장미 한 송이에도 유리구슬 같은 눈물을 뚝뚝 떨구며 감동하는 존재가 바로 아내입니다.

아내의 두번째 남편이 되고 싶다

어떤 기자가 영국의 처칠 수상에게 질문했습니다.

"혹시 다시 태어난다면 무엇이 되고 싶습니까?"

그러자 처칠은 주저하지 않고 이렇게 말했습니다.

"다시 태어난다면 지금 제 아내의 두번째 남편이 되고 싶습니다."

그 말을 옆에서 듣고 있던 부인의 마음은 어떠했을까요? 아마 하늘을 나는 듯했을 겁니다.

여자는 모든 것을 흡수하는 질그릇 같아서, 어떤 남자를 만나는가에 따라 천사의 삶을 살기도 하고 악처의 삶을 살기도 합니다. 그런 뜻에서 여자는 다 남자 하기 나름입니다.

현명한 남자는 아내에게 사랑과 고마운 마음을 표현하는 데 결코 인색하지 않습니다. 미안합니다, 고맙습니다, 사랑합니다, 축복합니다 등과 같은 '천사의 방언'은 효과가 아주 좋습니다. 그것은 여자들에게 질그릇 같은 마음이 있기 때문입니다.

가정

지상에서 가장 따뜻한 곳

가정의 평화

유대교의 랍비 가운데 메이어라는 사람이 있었습니다. 그가 설교하는 매주 금요일이면 수백 명의 사람이 회당으로 모여들었습니다. 그 가운데 메이어의 설교를 몹시 좋아하던 한 여인은 금요일 저녁이면 만사 제쳐놓고 회당으로 달려가곤 했습니다.

그러던 어느 금요일, 그날 따라 메이어의 설교가 길게 이어졌습니다. 밤늦은 시간 집으로 돌아온 여인은 잔뜩 화가 난 남편을 마주해야 했습니다.

"내일이 안식일인데 아직 음식도 준비하지 않고 도대체 어딜 갔다 오는 거요?"

여인이 대답했습니다.

"회당에 가서 랍비님의 설교를 듣고 오는 길이에요."

그러자 더욱 화가 난 남편이 소리쳤습니다.

"가서 그 랍비의 얼굴에 침을 뱉고 오기 전에는 절대로 집에 들어올 생각 말아!"

여인은 집에서 쫓겨났습니다.

우연히 그 소식을 들은 메이어는 여인을 불렀습니다.

"내가 지금 심한 눈병을 앓고 있습니다. 침으로 씻으면 이 눈병이 낫는다고 하는데, 부인이 좀 도와주지 않겠습니까?"

부인은 메이어의 요구대로 그의 얼굴에 침을 뱉었습니다. 그리고 집으

로 돌아갔습니다.

이 모습을 본 제자들이 물었습니다.

"어쩌자고 얼굴에 침을 뱉게 하였습니까?"

그러자 메이어는 이렇게 대답했습니다.

"가정의 평화만큼 소중한 것은 없네. 그것을 위해서라면 이보다 더한 일도 해야지."

세 남자의 소원

세 남자가 죽어 하늘나라로 올라갔습니다. 그런데 입구에서 명부를 대조하던 문지기가 이상하다는 듯 말했습니다.

"이상하다. 여기 명부에 없네. 뭔가 착오가 생겼나 본데 다시 내려가서 수명을 다하고 오너라. 그 대신 미안하니까 소원을 하나씩 들어주겠다."

이에 한 사나이는 "나는 권력을 한번 쥐어보았으면 좋겠습니다" 하여 권력을 갖게 되었습니다.

또 한 사람은 돈을 요구해 부자로 살게 되었습니다.

세번째 사람은 이렇게 대답했습니다.

"나는 여자 하나면 좋겠습니다."

"아니, 너는 여자도 없이 살았느냐?"

"여편네가 너무 지긋지긋해서 다른 여자와 살아봤으면 좋겠습니다."

"그러면 어떤 여자를 원하느냐?"

"나는 한평생 남편에게 착하게 굴고, … 가족들을 위해 아침식사를 준비하며, … 언제나 강인하고 근면하게 열심히 일하는 여자를 원합니다. 또 자기 자신을 아름답게 꾸밀 줄 알고, … 능력과 품위가 있으며, … 지혜롭고 친절한 여자라면 좋겠습니다."

남자는 잠언 31장에 나온 조건을 주섬주섬 모두 말하는 것이었습니다. 한참을 듣고 있던 문지기가 냉정하게 거절했습니다.

"그건 안 되겠다."

"왜 안 된다는 겁니까?"

"이 사람아, 그런 여자가 있으면 내가 데리고 살지 너한테 주겠나!"

세상에 완벽한 여성은 없습니다. 또한 완벽한 남성도 없습니다. 서로의 허물을 덮어주고 사랑으로 감싸줄 때 가정은 보석처럼 빛날 것입니다.

가장 좋은 옥수수 따기

미국 인디언의 한 부족에서 행해지던 풍습 이야기입니다.

추장의 딸은 일정한 나이가 되면 옥수수밭에 가서 인생교육을 받았습니다. 지정된 밭고랑을 따라가다 가장 좋은 옥수수 하나만 따오는 것이 바로 교육 내용이었습니다. 단, 한번 지나친 옥수수는 다시 딸 기회가 없었습니다. 그러니까 전진만 있지, 후퇴는 없었던 것입니다.

그런데 대부분은 옥수수를 따지 못한 채 밭고랑 끝까지 가버리는 경우가 많았습니다. 왜냐하면 좋은 옥수수가 눈에 띄어도 다음에 더 좋은 옥수수가 나타나리라 기대하고 지나치기 때문입니다. 막상 눈에 띄는 옥수수가 나타나도 지나친 것보다 좋아 보이지 않아 따지 않습니다. 그래서 결국은 빈 바구니로 밭고랑 끝에 이르는 것입니다.

옥수수밭의 교육은 결혼과 관련된 풍습입니다. 추장 딸이라면 모든 남자를 자기 마음대로 고를 수 있지만 막상 고르려면 쉽지 않다는 말입니다. 가장 좋은 사람을 고르겠다며 웬만한 사람은 다 지나쳐버리다가 나중에는 혼기마저 놓치기 쉽습니다. 또 나이가 많아 대충 결혼하자니 전에 지나친 사람이 생각나서 그나마도 쉽지 않다고 합니다.

어떤 죽음

닉 시즈맨은 미국 어느 지방의 철도 역무원으로, 매우 건강하고 활달한 사람이었습니다.

어느 여름날 직장 동료의 생일 파티 때문에 모두 한 시간씩 일찍 퇴근하게 되었습니다. 그때 닉은 냉장차 안에서 작업하고 있었는데, 동료들이 깜빡 잊고 냉장차를 밖에서 잠그고 말았습니다.

일을 마친 닉은 자기가 냉장차에 갇힌 사실을 깨달았습니다. 문을 두드리며 소리를 질렀지만 달려올 사람은 아무도 없었습니다. 시간이 흐르면서 그는 뼛속까지 얼어붙는 듯한 추위를 느꼈습니다.

'아아, 나는 이제 곧 얼어 죽고 말 거야.'

그는 완전히 절망에 빠져 소리지르는 것조차 멈추었습니다. 그러고는 나무로 된 바닥에 글씨를 새기기 시작했습니다.

'너무 춥다. 마치 온몸이 마비되는 것 같다. 차라리 그냥 잠들어버렸으면 좋겠다. 아마도 이게 나의 마지막 말이 될 것이다.'

다음날 아침 동료들은 냉장차 안에서 죽어 있는 닉을 발견했습니다. 닉의 시체를 부검한 의사들은 그가 얼어 죽었다고 발표했습니다.

그런데 정말로 이상한 일이었습니다. 그가 갇혀 있던 냉장차는 그날 밤 냉장장치가 작동하지 않았던 것입니다. 냉장차 안의 온도계는 영상 13도를 가리키고 있었습니다.

그런데 닉은 왜 죽었을까요? 그는 추위 때문에 얼어죽은 것이 아니었

습니다. 그를 정말 죽게 한 것은 혼자 남겨졌다는 데 대한 두려움이었습니다. 두려움과 고독이 그를 얼어 죽게 만든 것입니다.

그렇습니다. 절망스러운 상황보다 더 큰 적은 두려움입니다.

하지만 인생길의 고비마다 닥치는 고독과 두려움을 없애주는 것이 있으니, 그것은 바로 사랑입니다. 그 사랑의 원천은 바로 가정입니다.

문제 없는 가정

어떤 목사가 근처 학교의 남자 교사집에 심방을 갔습니다. 온 가족이 착실하게 교회를 다녔으므로 집안이 화목하리라 믿었습니다. 그런데 집 안에 들어서니 왠지 어수선하고, 평온한 느낌이 들지 않았습니다.

예배가 끝나고 나서 목사가 조용히 그 이유를 물었습니다. 망설이다 입을 연 남자의 사연인즉, 부인에게 약간의 신경질환이 있는데 요즘 우울증까지 겹쳤다는 것입니다. 병원에 다녀봤지만 효과가 없어 날이 갈수록 절망스럽다고 했습니다.

목사는 남자를 데리고 나와 동네를 한 바퀴 돌면서 집집마다의 속사정을 아는 대로 말해주었습니다.

"저 집은 남편이 직장을 잃어서 경제적으로 어렵고, 저 집은 부부 사이의 불화가 심각하고, 또 저 집은 자식들이 밖에 나가 사고만 친답니다. 또 저 집은 가장이 술주정뱅이며, 저 집은 파산하기 일보직전입니다."

목사의 말을 듣던 남자의 표정이 차츰 밝아졌습니다.

문제 없는 가정은 없습니다. 중요한 것은 그 문제를 어떻게 해결하여 가정의 화목을 유지하는가입니다.

이왕이면 비눗물도

멕시코의 어느 지방에는 온천과 냉천이 한꺼번에 솟는 관광지가 있습니다. 이 동네 여인들은 1년 내내 더운 물에 빨래를 합니다.

이곳을 찾은 관광객 한 명이 동네 여자에게 덕담을 했습니다.

"이 동네 여자들은 참 좋겠습니다. 하나님께서 내려주신 축복의 땅에 사니까 말이에요."

그러자 여자는 뜻밖의 대답을 했습니다.

"그렇지도 않아요."

"아니 왜요?"

"이왕 봐주시려거든 비눗물도 같이 나오게 하면 더 좋잖아요."

사람이 쉽게 빠지는 함정 가운데 하나가 턱없는 불평과 불만입니다. 주신 은혜에 만족하지 않고 불평에 빠지는 사람은 신의 긍휼하심을 얻기 힘듭니다.

다섯 손가락

다섯 손가락이 모여 서로 자랑을 하고 있습니다. 먼저 엄지손가락이 뽐내며 말합니다.

"나는 엄지야. 최고를 가리키잖아."

그러자 집게손가락도 지지 않습니다.

"내가 없으면 아무것도 집을 수 없어. 또 무엇을 가리킬 때도 내가 꼭 필요하지."

가운뎃손가락도 한마디 거듭니다.

"나는 키가 가장 크지."

기죽기 싫은 약지가 말합니다.

"사랑의 반지는 어디에 끼지? 나는 가장 사랑받는 손가락이라구."

이제 시선이 새끼손가락에게로 모아집니다. 하지만 새끼손가락은 당당하게 묻습니다.

"야 너희들, 내가 없으면 어떻게 되는 줄 알아?"

"어떻게 되는데?"

"모두 제 구실을 못 하게 되는 거지."

그렇습니다. 모두 소중한 존재입니다. 특히 가정 안의 모든 구성원은 다섯 손가락처럼 꼭 필요한 존재들입니다.

아내의 회답

요즘 젊은 부부들은 자존심이 너무 세서 그런지 싸우고 나면 좀처럼 말을 하지 않습니다.

어떤 젊은 부부가 심하게 말다툼을 했습니다. 그런데 남편은 다음날 아침 일찍 출근해야 할 상황이었습니다. 자존심은 상하지만, 그로서는 아내의 도움이 꼭 필요했습니다. 그래서 남편은 아내에게 쪽지를 남겼습니다.

'6시에 깨워.'

곤히 자다 느낌이 이상해 깨어보니 7시가 넘어 있었습니다. 화가 난 남편이 아내에게 소리쳤습니다.

"당신 끝까지 이럴 거야? 오늘 늦으면 안 된단 말이야. 도대체 왜 안 깨운 거야?"

그러자 아내는 턱으로 머리맡을 가리켰습니다. 거기에는 이런 쪽지가 놓여 있었습니다.

'여보, 6시야. 일어나.'

이제야 찾았네

옛날 어른들은 이렇게 싸웠습니다.

싸움을 한 다음 할머니가 말을 안합니다. 할아버지는 할머니의 말문을 열어야겠는데, 자존심상 먼저 말을 꺼낼 수는 없는 노릇입니다. 할아버지는 곰곰이 생각하다가 꾀를 냅니다. 할머니가 안방에 있을 때 옷장을 열고 무언가 열심히 뭔가를 찾습니다. 여기저기 뒤지고 방바닥에 꺼내놓으며 부산을 떱니다.

할머니가 가만히 바라보니 걱정입니다. 저렇게 해놓으면 나중에 치우는 것은 할머니 몫이니까요.

신경질이 난 할머니는 볼멘 소리로 묻습니다.

"뭘 찾으시우?"

그러면 할아버지가 대답합니다.

"이제야 임자 목소리를 찾았구먼."

격려금 1만 원

오랜만에 친구들끼리 모여 술 한잔 하게 되었습니다. 모두들 명예퇴직이니 감원이니 해서 우울하던 때였습니다.

화제는 아내들로 이어졌습니다.

"야, 총각 때가 좋았지. 장가는 왜 들어서 이 고생인지."

"맞아. 벌어먹일 자식이 있나, 잔소리 퍼붓는 마누라가 있나."

"그런데 넌 왜 한마디도 없냐? 아직도 신혼처럼 사니?"

한쪽에서 아무 말 없이 듣기만 하던 친구에게 물었습니다. 그러자 그는 안주머니에서 부스럭거리며 봉투 하나를 꺼내 상에 올려놓았습니다. 누군가가 그 봉투를 열어보았습니다. 봉투 안에는 1만 원짜리 한 장과 함께 이런 편지가 들어 있었습니다.

"여보, 요즘 힘들지? 당신 명예퇴직 당했다고 기죽지 마. 난 당신을 믿어. 당신은 뭐든 해낼 수 있는 사람이잖아. 그리고 이건 일종의 격려금이야. 오늘 친구들 앞에서 기죽지 말고."

결혼은 무덤이 아니라 새로운 동지를 얻는 것입니다.

어머니가 딸에게

《탈무드》에는 결혼한 딸을 타이르는 어머니의 당부가 나옵니다.

"딸아, 만일 네가 남편을 왕처럼 존경한다면 그는 너를 여왕처럼 우대할 것이고, 네가 계집종처럼 처신한다면 남편은 너를 노예처럼 다룰 것이다. 만일 네가 너무 자존심을 내세워 그에게 봉사하기를 싫어하면 그는 힘으로 너를 하녀같이 부릴 것이다.

만일 남편이 친구 집에 간다면 몸을 씻기고 몸치장을 잘해서 보낼 것이며, 남편의 친구가 놀러 오면 극진히 대접하도록 하여라. 그렇게 하면 남편한테 사랑받게 될 것이다. 언제나 가정에 마음을 쓰고 그의 소지품을 귀중히 여겨라. 남편은 기꺼이 네 머리 위에 왕관을 씌워줄 것이다."

오래 전에 씌어진 《탈무드》의 지혜는 오늘날에도 깊이 새겨들을 말입니다.

나무와 태풍

날마다 사랑으로 살아가는 가정은 거친 풍랑 앞에서도 쓰러지지 않습니다. 얼마 전 태풍이 영국 전역을 강타하여 많은 피해가 발생했을 때의 일입니다.

그 중 런던 근교의 어느 숲에서 정말 이상한 일이 일어났습니다. 그 숲속의 나무가 모두 뿌리째 뽑혀 쓰러졌던 것입니다. 이를 조사한 과학자들마저 무척 놀랐습니다.

그래서 학자들로 구성된 조사팀이 원인을 규명한 결과, 숲에 나무를 심을 때 누군가 끔찍한 실수를 저지른 사실이 밝혀졌습니다. 나무 사이의 간격을 너무 띄우고 심는 바람에 나무들끼리 뿌리가 얽힐 수 없었습니다.

결국 나무들은 각각 따로 서 있었기 때문에 강풍이 불자 하나씩 모두 넘어진 것입니다. 만약 좀더 촘촘히 심었더라면 더 센 바람이 불어도 끄떡없었을 것입니다.

우리의 가정도 서로 사랑으로 얽혀 있으면 아무리 모진 바람이 불어도 쓰러지지 않습니다.

하늘이 두 쪽 나도 당신이 올 수만 있다면

　오늘은 손님을 모시는 날, 아내는 아침부터 걱정이 태산입니다. 혼자서는 도저히 청소부터 음식까지 감당할 자신이 없었기 때문입니다. 그래서 출근하는 남편에게 부탁했습니다.

　"여보, 당신이 오늘 조금만 일찍 와서 도와주면 좋겠는데요."

　그러자 남편이 퉁명스럽게 대답했습니다.

　"안 돼! 요즘 내가 얼마나 바쁜지 당신도 알잖아. 하늘이 두 쪽이라도 나면 모를까."

　여기서 한번 생각해봅시다.

　만약 이때 화가 난 아내가 남편의 뒤통수에 대고 "누구 손님인데 그래요? 나도 모르겠으니까 당신 맘대로 해요"라고 했다면 큰 부부싸움이 되고 말았을 겁니다.

　그런데 이 슬기로운 아내는 남편에게 이렇게 속삭입니다.

　"하늘이 두 쪽 나더라도 당신이 올 수만 있다면 얼마나 좋을까요."

　남편은 아무렇지도 않은 듯 출근하여 일을 하는데, 자꾸만 아내의 말이 생각납니다. 어쨌든 자기 손님을 위해 아내는 하루 종일 쓸고 닦고, 장을 보고 요리를 할 겁니다. 그렇게 생각하니 은근히 미안한 마음이 들어 좀처럼 일이 손에 잡히지 않습니다. 결국 남편은 조금 일찍 집에 들어와 아내와 함께 손님 맞을 준비를 했답니다.

선인들의 다리미

조선시대에 씌어진 《안씨가훈(顔氏家訓)》에는 좋은 이야기가 많은데, 그 중 가정의 화목을 지적한 대목입니다.

집안에 화로가 두 개 있으면 그 집안이 화목하지 않은 증거라고 말합니다. 화로는 온 가족이 격의 없이 모여 오순도순 대화를 나누던 구심체 역할을 했습니다. 따라서 화로가 두 개 있으면 제각각 모인다는 뜻이지요.

옛날 우리네 어머니들은 다리미가 두 개 있으면 하나는 없애는 것이 관례였습니다. 그래서 시집갈 때 혼수품 속에 다리미는 가져가지 않았습니다. 다림질은 자칫 사이가 멀어지기 쉬운 시어머니와 며느리, 시할머니와 며느리, 시누이와 올케 그리고 동서들끼리 서로 협동하게 만듭니다. 빨랫감을 편편하게 편 다음 두 사람은 빨래의 양쪽 끝을 잡고 한 사람은 다립니다. 이렇게 두세 명이 힘과 호흡을 맞추어 협력해야만 가능한 작업이었습니다.

요즘으로 치면 집안에 텔레비전이 두 대 있는 것과 마찬가지겠지요. 그러면 어른은 어른대로, 아이들은 아이들대로 텔레비전 앞에 붙어 있을 겁니다. 텔레비전 자체가 가족간의 대화를 가로막는 장애물인데, 게다가 텔레비전이 두 대라면 문제는 더 심각할 것입니다.

남성과 여성의 차이

한국인의 평균 수명은 남성이 67세, 여성이 75세로, 여성이 8년이나 더 사는 셈입니다. 다른 나라의 남녀 수명 차이는 5년~5년 6개월이라고 합니다.

태어날 때 죽는 비율도 남아가 54퍼센트 많고, 유아기 사망률도 남아가 27퍼센트 높습니다.

시각 · 청각 · 후각 · 촉각 등 모든 감각을 완벽하게 차단시킨 통 속에 남녀를 넣고 얼마나 버티는지 실험해보았습니다. 역시 남성보다 여성이 평균 15시간이나 더 버텨냈습니다. 외부 공간에 대한 저항력, 지구력, 인내력에서 남성보다 강한 것입니다.

남성과 여성의 세계에는 '10퍼센트 법칙'이라는 것이 있습니다. 여자의 평균 키는 남성보다 10퍼센트 작고, 여성의 손이나 발의 크기도 남성보다 10퍼센트 작습니다. 남성의 팔은 여성의 허리를 끌어안을 만큼 긴데 비해 여성의 팔은 남성의 허리를 끌어안을 만큼 길지 못합니다. 또 먹는 양도 10퍼센트가 적고, 숟가락이나 젓가락도 10퍼센트가 작습니다.

여성과 남성는 이렇게 다릅니다. 남녀의 차이를 인정하는 것이 남녀의 차별을 없애는 지름길입니다.

자동차왕 헨리 포드

세계적으로 유명한 미국의 자동차왕 헨리 포드의 이야기입니다. 그는 가난한 농촌에서 태어나 초등학교를 졸업한 뒤 자기의 삶을 성실하게 개척하여 큰 부자가 되었습니다. 부자가 된 뒤로도 부자답지 않게 자기가 뛰놀며 자란 농촌에서 검소하게 살았습니다.

어느 날 동네 사람이 그의 집을 보고 의아하다는 듯이 물었습니다.

"당신은 큰 부자인데, 집이 너무 초라하지 않습니까?"

그러자 포드는 밝게 웃으며 대답했습니다.

"건물이 문제가 아니라네. 아무리 집이 초라해도 사랑이 있으면 위대한 가정이며, 사랑이 없으면 석조로 지은 대저택도 무너진다네. 나는 훌륭한 가정을 만들고 싶네."

또한 포드는 방문에 이런 문구를 붙여놓았습니다.

'자기 손으로 장작을 패서 불을 지펴라. 두 배로 따뜻해진다.'

밀레의 〈만종〉이 걸작품으로 평가받는 이유

밀레가 그린 〈만종〉이라는 그림은 세계 최고의 걸작품으로 꼽히고 있습니다. 이 그림이 그토록 높이 평가받는 까닭은 무엇보다 기법이 뛰어나기 때문입니다. 하지만 더 중요한 사실은 그림의 내용이 이상적인 가정의 모습을 담고 있다는 점입니다.

이 그림 안에는 행복한 가정을 이루기 위해 없어서는 안 될 세 가지 조건이 들어 있습니다.

첫째는 '노동'입니다. 그림에는 두 부부가 밭에서 일하는 모습이 표현되어 있습니다. 게으른 자의 가정에 궁핍이 깃들고 부지런한 자의 가정에 풍요로움이 깃듭니다. 뿌림 없이는 거둠이 없고, 노력 없이는 성공이 없으며, 수고 없이는 영광이 있을 수 없습니다. 그림은 땀 흘리는 노동의 신성함을 담아내고 있습니다.

둘째는 '믿음'입니다. 두 부부는 밭에서 일하던 중 멀리서 종소리가 울리자 잠시 일손을 놓고 기도하고 있습니다. 행복한 가정을 위해서는 신앙이 있어야 합니다. 사람의 노력만으로는 온 식구가 밝고 건강하게 평안해지지 않습니다. 생사화복의 주관자이신 하나님의 돌보심이 있어야 합니다. 나약한 어린아이에게 부모가 필요하듯 약하디약한 사람에게는 하나님이 필요합니다.

셋째는 '사랑'입니다. 그림 속의 두 부부가 마주 보고 있는 모습은 그렇게 정다울 수가 없습니다. 행복한 가정을 위해서는 사랑이 있어야 합니

다. 서로 믿고 용서하고 허물을 덮어주는 사랑이 있을 때 그 가정은 하나
가 될 수 있습니다. 모든 식구들의 삶은 날마다 기쁨과 보람으로 넘실거
리게 될 것입니다.

사랑과 믿음과 노동이 있는 가정, 그곳에는 행복과 미래를 향한 희망이
있습니다.

행복한 새색시

구전되어오는 옛이야기 가운데 다음과 같은 미담이 있습니다.

이제 갓 시집온 어린 새색시가 있습니다. 하루는 밥을 짓다 말고 부엌에서 울고 있었습니다. 이 모습을 본 남편이 왜 그런가 물으니 밥을 태웠다는 것입니다.

남편은 어린 아내를 위로했습니다.

"미안하오. 내가 오늘은 바빠서 물을 조금밖에 길어오지 못했는데, 물이 부족해서 밥이 탔나 보오. 이는 순전히 내 잘못이오."

새색시는 남편의 말에 감격하여 더욱 소리내어 울었습니다. 이때 부엌 앞을 지나가던 시아버지가 며느리의 울음소리를 듣고 그 이유를 물었습니다.

자초지종을 들은 시아버지는 이렇게 말했습니다.

"아니다. 이건 내 잘못이다. 내가 힘이 딸려 장작을 잘게 패지 못했다. 장작이 크다 보니 불이 너무 세서 밥이 탄 게야."

그때 이 작은 소동을 전해 들은 시어머니가 달려오면서 말했습니다.

"아이구 저런, 이젠 내가 늙어서 밥냄새도 못 맡는구나. 밥 내려놓을 때를 알려주지 않았으니 누구를 탓하겠느냐. 이건 내 탓이다. 그러니 너무 상심하지 말거라."

환과고독

　이 세상에서 가장 불쌍한 사람은 사랑에 굶주린 사람일 겁니다. 그들은 네 부류로 나눌 수 있는데, 환(鰥)·과(寡)·고(孤)·독(獨) 등에 처한 사람들이 바로 그들입니다.

　환은 아내가 없는 홀아비, 과는 남편이 없는 과부, 고는 어려서 부모를 잃은 사람, 독은 늙어서 자녀가 없는 사람입니다. 이들은 모두 사랑에 굶주린 불쌍한 사람들이라는 공통점을 갖고 있습니다. 그래서 옛날 임금들은 이런 사람들에게 우선적으로 사랑을 베풀었습니다. 예수님도 과부와 고아를 잘 대접하라고 말씀하셨습니다.

아내여, 당신을 위해 내 목숨을 내놓겠소

기원전 6세기경 고레스라는 현군이 있었습니다. 그는 메데왕의 밑에 있다가 독립해 아르메니아 · 갑바도기아 · 유대 · 바빌론 · 길리기아 · 페니키아 등 이집트를 제외한 넓은 지역을 정복했습니다.

고레스의 이름은 구약에도 나와 있는데, 바빌론 포로 가운데 유대인을 귀국시킨 것으로 칭송받고 있습니다. 그는 피정복자에게 관대하고 그들을 등용하였기 때문에 '대왕'이라 일컬어졌습니다.

어느 날 고레스는 어떤 싸움에서 적장과 그 가족을 생포했습니다. 적장도 지혜롭고 용감하여 이름이 높았지만 고레스에게는 상대가 되지 않았던 것입니다.

고레스는 포로로 잡혀온 적장에게 물었습니다.

"내가 그대에게 자유를 준다면 그대는 나에게 무엇을 주겠는가?"

"제가 가진 것 절반을 드리겠습니다."

"만약 그대의 아들들에게도 자유를 준다면?"

"제가 가진 것 나머지 절반을 드리겠습니다."

고레스는 웃음을 띠며 마지막으로 물었습니다.

"그렇다면 그대의 아내에게 자유를 준다면?"

적장의 아내는 절세미인에다 재색을 겸비한 현부였습니다. 하지만 적장에게는 이제 남은 것이 없었습니다.

적장은 아내를 돌아보고 미소를 짓더니 이렇게 대답했습니다.

"대왕께서 제 아내에게 자유를 주신다면 저의 목숨을 드리겠습니다."

이 말을 들은 고레스는 한참 동안 감탄하고 나서 이렇게 말했습니다.

"참으로 슬기로운 사람이로다. 내 그대의 몸과 그대의 아내와 그대의 아들들에게 모두 자유를 주겠다. 이런 남편에게 사랑받는 아내는 참으로 행복할 것이다."

두 여학생의 결혼관

어느 목사에게 지성과 미모를 갖춘 두 명의 여대생 신자가 있었습니다. 그런데 이 두 여학생의 결혼관은 서로 달랐습니다.

A 여학생은 경제력과 외모가 중요하며, 신앙은 있으면 좋지만 없어도 괜찮다고 생각했습니다. B 여학생은 신앙이 없으면 영혼이 없는 사람 같기 때문에 신앙만은 꼭 필요하다고 했습니다.

세월이 흘러 A 여학생은 재벌 아들의 부인이 되었고, B 여학생은 평범한 샐러리맨의 아내가 되었습니다. A는 큰 집에 살고 고급 승용차를 탔으며, 부족한 것 없이 살았습니다. 하지만 가족 모두 신앙이나 이웃·영혼·내세에는 무관심했습니다.

그녀는 목사에게 자기 결혼생활을 이렇게 말했습니다.

"미칠 것 같아요. 자살이라도 하고 싶다구요. 남편과 남편의 정부를 죽이고 싶어요."

그녀는 밤마다 술을 마시고 자기 인생을 절망의 나락으로 떨어뜨리고 있었습니다. 거의 자살 직전 아니면 이혼 직전의 상태였습니다.

이에 반해 목사를 찾아온 B는 표정이 밝았으며 말끝마다 감사의 말을 잊지 않았습니다. 온 가족이 모두 신앙생활을 열심히 한 덕분이었습니다.

이처럼 사람의 생각은 운명을 결정짓습니다.

행복한 가정의 네 가지 특징

버지니아 사티어는 유명한 여성 가정학자입니다. 그는 가정의 네 가지 중요한 특징을 말하고 있습니다. 그 네 가지가 건설적이고 창조적이면 가정은 행복해지고, 반대로 부정적이고 파괴적이면 가정은 불행해진다고 말했습니다.

그가 말하는 네 가지는 이렇습니다.

첫째, 자기의 가치를 인정하고 자기 스스로 존중히 여기는 가정 (Self Worth).

둘째, 서로서로 뜻이 통하는 가정(Communication).

셋째, 규칙이 있고 질서가 있는 가정(Rule).

넷째, 사회와 잘 조화되어 연결된 가정(Link to Society).

여러분의 가정은 이 네 가지 요소를 어떻게 받아들이고 있나요?

애완견 전용 레스토랑이 호황을 누리는 이유

얼마 전 프랑스에 호화판 레스토랑이 문을 열었습니다. 메뉴는 다양합니다. 얇게 저민 쇠고기, 황소피 선지국, 다진 칠면조, 살짝 데친 대구살, 크림으로 버무린 콩, 석류향, 살짝 데운 우유에다 맛깔스런 디저트까지 있습니다. 이 요리들을 풀 코스로 즐기려면 팁을 포함해서 꽤 많은 돈이 듭니다.

하지만 그 레스토랑에서 식사하는 사람은 없습니다. 값이 비싸서가 아닙니다. 사람이 가는 식당이 아니라, 프랑스 사람들이 그토록 애지중지하는 애완견 레스토랑이기 때문입니다.

프랑스 사람들은 모두 1,400만 마리의 애완견을 키우고 있습니다. 개를 먹이고 치장하는 데에만 자기 수입의 10퍼센트쯤을 소비한다고 합니다. 미국에는 9,000만 마리의 애완견이 있고, 이 개들을 치료하는 데 연간 50억 달러 이상의 돈이 들어간다고 합니다. 이밖에도 독일에서는 900만 마리, 영국에서는 500만 마리의 애완견을 키우고 있습니다.

서양 사람들은 왜 이렇게 애완견에게 각별한 애정을 쏟을까요? 행동심리학자 데스몬드 모리스는 이 문제를 오랫동안 연구한 결과 다음과 같은 결론을 내렸습니다.

'서양인들은 육체 접촉에 굶주려 있다. 이 때문에 개나 고양이를 안고 쓰다듬고 볼을 비벼대는 것이다. 이는 대리만족 같은 것이다.'

우리나라의 아이들은 어려서부터 어머니의 젖가슴에 안겨 자랍니다.

외출할 때나 빨래할 때면 등에 업혀 있습니다. 잘 때는 어머니의 팔을 베고 잡니다. 따라서 이러한 육체 접촉 결핍증세를 보이지는 않습니다.

어릴 때부터 아이들을 충분히 안아주십시오. 어머니의 심장 소리를 충분히 들려주지 않는다면 가까운 시일 안에 우리 주변에도 애완견 전용 레스토랑이 생길지 모릅니다.

포기하지 마십시오

어떤 학자들이 메기라는 물고기로 실험을 했습니다.

먼저 메기를 커다란 수족관에 넣은 다음 작은 물고기들을 넣어주었습니다. 메기는 작은 물고기를 잡아먹으며 살았습니다. 며칠 뒤 수족관 안에 얇은 유리막을 세워 메기와 작은 물고기들이 서로 다른 구역에서 살게 했습니다. 메기는 건너편의 작은 물고기들을 잡아먹으려고 수도 없이 유리막을 들이받았습니다. 한참이 지나자 메기는 상황을 깨달았는지 유리막 건너편의 먹잇감을 포기했습니다.

그렇게 며칠을 보낸 뒤 유리막을 치워주었습니다. 하지만 메기는 먹잇감을 사냥하지 않고 작은 물고기들을 그저 바라보기만 할 뿐이었습니다. 잡아먹을 수 없는 고기라고 세뇌당한 것입니다. 메기는 바로 눈앞에 수많은 먹잇감을 두고도 보름쯤 지나서 굶어죽고 말았습니다.

너무 쉽게 포기하지 마십시오. 포기와 무관심은 가정을 무너뜨리는 가장 큰 적입니다.

야단보다 더 큰 사랑

아서 켄들러는 코카 콜라 하나로 돈방석에 올라앉은 부호입니다. 하지만 그의 가정에는 커다란 아픔이 있었습니다. 외아들 아서 주니어가 알코올 중독에 빠졌기 때문입니다. 수많은 재산을 날린 끝에 몸과 마음은 완전히 병들어 있었습니다.

그때 아서 주니어를 잡아준 사람은 목사인 삼촌이었습니다. 삼촌은 사랑하는 조카의 비참한 모습을 안타깝게 지켜보며 조카를 위해 정성껏 기도했습니다. 그는 한번도 조카를 꾸짖지 않았습니다. 그렇다고 그를 붙잡아놓고 지리한 설교를 하지도 않았습니다. 따뜻한 말로 위로하거나 말없이 부드럽게 껴안아줄 뿐이었습니다.

삼촌의 끝없는 사랑에 감동한 아서 주니어는 어느 날 술병을 들고 아내에게 이렇게 말했습니다.

"나는 더 이상 술병의 마개를 따지 않겠소. 이 순간부터 술을 끊겠다는 말이오. 약속하겠소."

그날 이후 그는 술을 끊었습니다. 그의 아내는 감격한 나머지 그 술병에 리본을 묶어 보석상자처럼 보관해놓았습니다. 그 술병은 아직도 코카콜라 회장 가문의 가보로 전해져 내려오고 있습니다.

가장 아름다운 그림

아주 아름다운 그림을 그리고 싶었던 어느 화가가 그 마을에서 가장 존경받는 목사를 찾아가 물었습니다.

"이 세상에서 가장 아름다운 것은 무엇입니까?"

"믿음이지요. 슬픔은 뒤를 돌아보고 걱정은 주위를 둘러보게 하지만, 믿음은 위를 바라보게 합니다. 믿음이야말로 모든 절망을 이기게 하는 힘이며 죽음까지도 정복할 수 있는 생명입니다."

이번에는 막 결혼식을 치른 신부에게 다시 물어보았습니다.

"사랑이지요. 사랑은 가난도 부유하게 하며 눈물도 달콤하게 하고 적은 것도 많게 합니다. 사랑 없이는 아름다움이 존재할 수 없지요."

화가는 또 한 사람을 찾기 위해 길을 걷다가 지쳐 있는 한 병사를 만났습니다. 병사는 화가에게 이렇게 말해주었습니다.

"평화가 최고이지요. 평화는 전쟁을 멈추게 하고 참된 안식과 기쁨을 가져다 줍니다. 평화야말로 우리 모두의 참소망이지요."

화가는 갑자기 고민이 되었습니다. 저마다 말이 다르니 과연 믿음·사랑·평화 가운데 무엇을 표현해야 좋을지 갈피를 잡지 못했습니다.

그렇게 고민하며 집 안으로 막 들어서는 순간 화가는 모든 것을 깨달았습니다. "아빠!" 하며 가슴에 안기는 자녀들에게서 믿음을 보았습니다. 그리고 자기를 바라보며 말없이 웃는 아내의 눈 속에서 사랑을 읽었습니다. 바로 그 순간 화가의 가슴속으로 밀려드는, 말할 수 없는 평화의 물결.

화가는 얼른 붓을 들어 자기가 그토록 원하던 아름다운 그림을 그렸습니다. 그것은 바로 '가정'이었습니다.

한 문명에 대한 최종 평가는, 그 문명이 어떤 유형의 남편과 아내, 아버지와 어머니를 만들어냈는가에 따라 좌우된다는 말이 있습니다. 따라서 가정을 회복하는 것이야말로 허물어져가는 문명을 세우는 유일한 길일 것입니다.

가정의 유형

최근 들어 교회 성장학의 바이블이라 일컬어지는《새들백 교회의 이야기》가 큰 인기를 끌고 있습니다. 그 책에는 매우 주목할 만한 개념 하나가 등장합니다. 바로 '목적이 이끌어가는 교회'라는 말입니다. 저자 릭 워렌은 그 책에서 교회를 몇 가지 종류로 나누고 있는데, 그것은 우리 가정에도 똑같이 적용될 수 있을 듯합니다.

먼저 전통이 이끄는 가정이 있습니다. 가문의 역사와 족보를 목숨처럼 여깁니다. 선대에서 이루었던 업적을 자랑하고 훈장처럼 여기는 것이 이 가정의 존재 이유입니다.

인물이 이끄는 가정은 절대적인 존재를 중심으로 가정의 분위기가 좌우됩니다. 대개 가부장적 가정이 여기에 속합니다. 오직 한 사람을 위해 나머지 가족이 존재합니다. 어쩌면 존재한다기보다 희생한다는 말이 옳을지도 모릅니다. 이런 가정에는 눈치만 남습니다.

재정이 이끌어가는 가정에서는 모든 가치 판단이 돈으로 결정됩니다. "그건 얼만데?" "그게 얼마나 비싼 건 줄 아니?" 등등. 그래서 모든 관심은 소유에 쏠립니다. 사람을 평가하는 기준도 존재보다 소유가 되어버립니다.

프로그램을 생명처럼 여기는 가정도 있습니다. 제사를 비롯한 집안 행사가 매우 중요합니다. 가족의 모든 일상사는 행사를 중심으로 끌려다닙니다. 종가집 며느리들의 경우 제사 지내다 평생을 다 허비하는 수도 있

습니다.

마지막으로 건물이 이끌어가는 가정이 있습니다. 몇 평에 사는가가 매우 중요합니다. 큰 집과 좋은 집이 곧 행복이라고 여깁니다. 겉을 번지르하게 꾸미는 일이 모든 가치를 앞섭니다.

이와 같은 가정으로는 행복의 문에 이를 수 없습니다. 이제는 목적이 이끌어가는 가정이 필요한 시대입니다. 건강한 가정은 하나님의 영원한 목적 위에 세워지듯, 행복한 가정 역시 올바른 목적 위에 세워져야 합니다. 부부간에 이 목적이 같다면 갈등이 있을 수 없습니다.

성경은 말합니다.

"한 마음을 품고 생각과 목적에서 하나가 되시오."(고린도전서 1:10, 《리빙 바이블》)

목적이 이끌어가는 가정을 만들기 위한 노력

목적이 이끌어가는 가정을 만들려면 어떤 노력이 필요할까요?

먼저 목표를 구체적으로 정해야 합니다. 행복한 가정은 올바른 목적 위에 세워질 수 있습니다. 구호로만 그쳐서는 안 되며, 매우 자세해야 합니다. 어떤 가정은 가훈 하나 없는 경우가 있습니다. 가정의 목표가 없으니까 불행합니다.

누군가가 이런 말을 했습니다.

"행복한 것을 추구하는 사람은 행복하다. 그 사람과 평범한 사람의 차

이는 삶의 동기에 있다. 행복을 향한 목표를 가진 사람은 아무리 그 목표가 거듭 실패하더라도, 타고난 재능이 없더라도, 그 삶은 가장 행복할 수 있다."

그 다음, 가정의 목적을 이해해야겠습니다. 과연 그것은 무엇일까요? 사람들이 중요시하게 생각하는 명예·지위·부귀 따위는 모두 헛된 것입니다. 다른 것은 모두 버려도 좋고, 모두 빼앗겨도 좋습니다. 단, 배우자와 즐겁게 사는 즐거움만큼은 빼앗기지 마십시오.

가정은 천국의 모형입니다. 그래서 가정은 미리 맛보는 천국이기도 합니다. 가정 안에서 즐거움을 누리지 못하는 사람은 그 어디서도 기쁨을 누릴 수 없습니다.

엘리자베스 스튜어트 펠프스는 이런 말을 했습니다.

"삶을 지배하는 거대한 힘 가운데 하나는 뚜렷한 목적을 갖는 것이다. 하나의 목적을 달성하기 위한 삶을 살아가기 시작할 때 목소리와 옷차림, 외모와 동작 하나하나까지 변화하게 마련이다."

이 시간, 우리 가정의 목표를 분명히 세워보십시오.

가정의 설계자

한 여인이 고속도로를 달리고 있는데, 갑자기 차가 멈추고 말았습니다. 갓길에서 응급처치를 해보았지만 여전히 시동은 걸리지 않았습니다. 약속시간이 다가올수록 마음이 더욱 초조해졌습니다. 응급전화는 너무 멀리 떨어져 있었고, 지나가는 차를 세우려 해도 별 소용이 없었습니다.

너무 절망한 나머지 여인은 땅바닥에 털썩 주저앉고 말았습니다. 그때 차 한 대가 미끄러지듯 달려와 멈추더니 중년 신사가 차에서 내려 이렇게 물었습니다.

"차에 문제가 생겼나요?"

그녀는 매달리듯 애원했습니다.

"제발 좀 도와주세요."

신사는 빙그레 웃으며 엔진 부위의 이곳저곳을 만지기 시작했습니다. 잠시 후 신사가 말했습니다.

"시동을 한번 걸어보시지요."

시동을 거는 순간, 놀랍게도 차는 부르릉 소리를 냈습니다. 그녀가 감사의 사례를 하려고 지갑을 꺼내자 그는 고개를 흔들었습니다.

그녀는 머뭇거리다가 물었습니다.

"그럼 이름이라도 알려주시지요."

그러자 중년 신사는 이렇게 대답했습니다.

"제가 이 차를 설계한 헨리 포드입니다."

여기 고장난 가정이 있습니다. 스스로의 손으로는 다시 가정을 일으켜 세울 수 없습니다. 우리는 고장난 가정이라는 차를 그 설계자에게 내맡겨야 합니다.

그분은 오늘도 우리 가정을 어루만져주고자 하십니다.

모성과 부성

가정생활에는 많은 요소가 포함되기 마련입니다. 그 요소들을 하나씩 살펴보겠습니다.

우애와 존경은 가정생활의 기초가 됩니다. 가정을 세우는 두 기둥이며 인격을 결정하는 그릇입니다. 애정이 없는 부부처럼 비참한 부부도 없습니다. 우리는 이같은 부부관계를 '결혼한 독신자'라고 표현합니다.

역기능 가정의 가장 큰 특징은 언제나 애정 공백이 있다는 것입니다. 한마디로 말하면 애정 결핍증 환자들이라 할 수 있습니다. 서로 필요 때문에 함께 살기는 하지만 알고 보면 모두 모래알과 같습니다. 친밀감도 없고 인격적인 접촉도 없습니다. 모두들 경계선을 갖고 살아갑니다.

여기서 외도가 생겨나고 탈선이 일어납니다. 10대 청소년이 집을 나가거나 자살·마약·환각·임신 등의 문제를 일으키는 대부분의 이유도 애정 결핍 때문입니다. 사랑받지 못한 아이들은 자기한테 조금이라도 관심을 보이는 사람에게 쉽게 빠져들게 되어 있습니다.

그 다음으로 중요한 요소는 존경입니다. 성경에서 존경(honor)과 거의 같은 뜻으로 쓰이는 낱말 가운데 영광(glory)이라는 말이 있습니다. 이는 서로에게 기꺼이 존경과 영광을 돌리는 것을 말합니다. 그러므로 빌립보서 2장 3절의 말씀처럼 다른 사람을 나보다 낮게 여기는 것이 바로 존경입니다.

오늘날 우리 가정의 문제는 바로 여기에서 출발합니다. 애정의 결핍과 존경의 결핍은 결국 모성 상실, 부성 상실과 맞닿아 있습니다.

성 어거스틴은 "모든 사람의 마음에는 진공이 하나 있다"고 했습니다. 그 진공은 반드시 무엇인가로 채워져야 한다고 했습니다. 그렇다면 과연 무엇으로 우리의 진공을 채울까요?

만약 그 진공이 채워지지 않으면 허무주의에 빠지게 됩니다. 그 진공이 물질로 채워지면 맘모니즘(mammonism;배금주의)에 빠져듭니다. 진공이 명예로 채워지면 일 중독증에 빠져듭니다.

진공을 채울 재료가 필요합니다. 그것은 바로 애정과 존경입니다. 애정과 존경으로 진공이 가득 차면 생의 의미가 달라집니다. 그러니까 애정과 존경은 인간의 공허감을 채워줄 수 있는 유일한 재료입니다. 사치스러운 식사도, 대저택도, 명예도, 마약도, 그 무엇도 대신할 수 없습니다.

그렇다면 누가 먼저 이 일을 시작해야 합니까?

남편입니까? 아내입니까?

서로 먼저 해야 합니다. 서로 먼저 시작하십시오. 성숙한 사람이 먼저 하는 법입니다.

진짜 남자

어떤 사회심리학자가 재미있는 연구를 한 적이 있습니다. 가정생활에 성공한 사람이 사회생활에 실패할 수 있는지, 반대로 사회생활에 성공한 사람이 가정생활에서 실패할 수 있는지 연구한 것입니다.

결과는 둘 다 불가능한 것으로 나타났습니다. 즉 가정에서 실패한 뒤 사회에서 성공한 사람도 없었고, 사회에서 성공한 사람치고 가정을 소홀히 하는 사람이 없었던 것입니다.

여기 진짜 남자가 한 사람 있습니다. 바로 미국 컬럼비아 바이블 컬리지의 로버트슨 맥퀼킨 학장입니다.

그는 몇 해 전 아내 뮤리얼이 치매에 걸리자 미련 없이 학장직을 포기하고 아내 곁으로 돌아갔습니다.

그는 다음과 같이 고백했습니다.

"나의 사랑하는 아내 뮤리얼은 지난 8년 동안 건강이 점점 악화되어왔다. 최근 나는 그녀가 나와 함께 있는 것을 아주 좋아하며, 내가 잠시라도 그녀를 떠나 있으면 몹시 불안해 한다는 것을 알게 되었다. 심지어 나를 잃었다는 공포감에 사로잡힐 때도 있고, 나를 찾아 집 밖으로 나올 때도 있다는 것을 알게 되었다.

그래서 이제 나는 학장직을 사임하고 아내 곁으로 돌아간다. 이것은 내가 42년 전 결혼 서약 때 이미 약속한 것이기에 별로 이상한 일이 아니다. 그 동안은 아내가 나를 돌보아왔지만 이제는 내가 그 사랑의 빚을 갚

을 차례이다. 물론 의무감이 아니라 아내를 향한 사랑과 기쁨으로 돌아가는 것이다."

이것이야말로 진정한 사랑이고, 남자가 보여줄 수 있는 남자다움의 극치입니다.

성공의 우선 순위

몇 해 전 미국 프로 야구의 스타 보 잭슨이라는 선수가 돌연 은퇴를 선언한 적이 있습니다. 그의 은퇴 사유에는 분명히 남다른 점이 있었습니다.

잭슨에게는 아내와 여섯 살짜리 아들 니콜라스가 있었습니다. 아들은 어머니에게 아버지가 집에 들어오지 않는 이유를 자주 묻곤 했습니다. 잭슨의 아내 린다는 남편의 잦은 외박을 충분히 설명할 수 없었습니다.

그러자 아들 니콜라스가 대뜸 이렇게 말했습니다.

"혹시 아빠가 딴살림을 차린 게 아닐까요?"

이 말을 전해들은 보 잭슨은 화려했던 메이저 리그 생활을 당장 포기했습니다. 명성도 신기록을 향한 야망도 접고, 가정을 보호하고 정성껏 돌보는 가장의 자리로 돌아갔습니다.

여러분의 가정에는 진정한 가장이 있습니까? 가족들을 지혜롭게 안내하고 안전하게 보호하며 사랑으로 돌보는 가장이 있습니까? 이제부터 남편들은 성공의 우선 순위를 바꾸어야 합니다. 성공은 바깥에서가 아니라 안에서 시작되어야 합니다. 그런 성공만이 진정한 성공이 될 수 있습니다.

가정 학교를 세워라

가정은 무엇을 하는 곳일까요? 함께 밥을 먹고 잠을 자는 곳, 또 서로 사랑을 나누는 곳, 아니면 쉬고 즐기는 곳 등 대답은 여러 가지가 나올 것입니다. 물론 모두 옳습니다. 하지만 여기에 반드시 '학교로서의 기능'을 추가해야만 합니다.

좋은 예를 보여주는 두 가정이 있습니다. 미국의 명문 프린스턴대학을 설립한 조나단 에드워즈는 보수적인 신학자였습니다. 반면 뉴욕에서 술집을 경영하다 거부가 된 마이크 슐츠는 무신론자였습니다. 조나단 에드워즈의 가정은 신앙으로 자녀들을 길렀고, 가정을 최상의 학교라고 생각했습니다. 슐츠의 가정은 의식주라는 기본적인 기능만 담당하는 곳이 바로 가정이라고 생각했습니다.

그런데 미국 뉴욕시 교육위원회에서 이 두 가문의 후손을 조사해보았더니 아주 흥미로운 결과가 나왔습니다.

조나단의 5대에 걸친 후손은 모두 896명이었는데, 그 중 선교사와 목사 116명, 교수나 학장 86명, 문학가 75명, 실업가 73명, 장로나 집사 286명이었습니다. 그밖에 미국의 부통령을 지낸 사람이 있었고 상원 의원 출신도 4명이나 되었습니다.

반면 슐츠의 후손은 모두 1,062명이었는데, 그 가운데 교도소에 수감된 사람이 96명, 정신병자나 알코올 중독자 58명, 창녀 65명, 영세민 286명, 무학자 460명이었습니다.

어떻습니까? 자녀들이 처음 접하는 학교는 유치원이나 초등학교가 아니라 바로 가정입니다.

따라서 이 세상의 모든 부모는 이제라도 가정에다 학교의 기능을 추가해야 합니다. 이른바 '가정 학교'를 만들라는 것입니다.

실제로 미국에서는 공공교육보다 가정에서 이루어지는 교육을 더 중시하는 부모가 늘어나고 있습니다. 이미 미국 내 전체 취학인구 4,900만 명 가운데 35만 명의 학생이 오직 가정에서만 교육받고 있습니다. 경제형편이 어렵거나 지능이 모자라서가 아닙니다. 이들은 학교 교육을 받은 아이들보다 대학 진학률이 8배나 높고, 특히 하버드대학과 스탠퍼드대학·예일대학 등 일류 대학 진학률이 높습니다. 이들은 미국 상위권 대학 학생의 10퍼센트를 차지하고 있습니다.

물론 자녀를 집에서만 가르치라는 뜻은 결코 아닙니다. 그만큼 가정 내 교육의 중요성이 높아지고 있음을 강조하고 싶을 따름입니다. 가정은 결코 먹고 자는 의식주 문제를 해결하는 공간이 아닙니다.

가정에 대한 자부심

청소년의 탈선을 막는 가장 확실한 방어막은 사랑입니다.

미국의 《크리스처니티 투데이(Christianity Today)》에 따르면, 자기 가족에 자부심을 느끼는 아이가 가출할 확률은 그렇지 않은 아이의 3분의 1 수준에 불과하다고 합니다. 미혼모가 될 확률도 6분의 1 수준에 불과합니다. 문맹이 될 확률은 13분의 1밖에 안 됩니다. 반대로 청소년 보호시설에 수감된 재소자의 88퍼센트는 자기 가정과 가족을 부정적으로 생각한다고 입을 모았습니다.

또 가족을 자랑스럽게 생각하는 아이는 대학에 입학하고 전문직을 가질 확률이 8배나 높은 것으로 조사됐습니다.

물론 경제적인 수준이나 주위 환경 등을 고려해야겠지요. 하지만 가정에 대한 자부심이 얼마나 중요한가를 입증하기에는 충분한 자료라고 생각합니다.

어떻게 하면 우리 아이에게 자랑스런 가족, 훌륭한 가정의 이미지를 심어줄 것인지 어른들이 곰곰이 생각해봐야 할 때입니다.

집으로 돌아오는 엄마

　서양에서는 요즘 가정으로 돌아오는 아내가 늘어나고 있습니다. 지난 70, 80년대에 물밀듯이 사회로 진출했던 여성들이 사회생활을 포기하고 가정으로 돌아오고 있다는 뜻입니다.

　물론 여성이 남성보다 능력이 부족하거나 사회생활에 쉽게 지쳐서 '귀가' 하는 것은 아닙니다. 뒤늦게나마 가정이 사회생활 못지 않게 중요하다는 것, 아니면 가정과 자녀가 더욱 소중하다는 사실을 깨달았기 때문입니다.

실제로 미국에서는 변호사나 의사로 활동하던 여성이 아무 미련 없이 직업을 포기하고 가정으로 돌아와 전업주부로서의 생활을 시작하고 있습니다. 이러한 현상을 가리켜 '집으로 돌아오는 엄마(Home Coming Mommy)'라고 합니다.

우리나라도 예외는 아닙니다. 한동안은 결혼 후에도 직장생활을 하는 여성을 능력 있다고 생각했습니다. 하지만 가정을 아름답게 가꾸는 여성이 진정으로 능력 있고 지혜로운 여성이라는 인식이 조금씩 확산되고 있습니다. 이러한 의미에서 수도사 로렌스의 이야기는 많은 것을 생각하게 합니다.

"내게는 일하는 시간과 기도하는 시간이 별 차이가 없습니다. 온갖 잡일에 부대끼다 보면 사람들은 짜증을 내기 마련입니다. 하지만 저에게는 잡일마저도 무릎을 꿇고 기도하는 것만 같습니다. 제게는 그 시간이 가장 행복한 순간입니다."

가정의 전통

가정 사역자 데이브 시먼즈는 《가정의 상담자》라는 책에서 가족의 가치를 일깨우는 가장 좋은 방법으로 가정의 고유한 전통을 꼽고 있습니다. 그 가정만의 특별한 전통은 가족간의 결속력을 강화하고 잊지 못할 추억을 만들어준다는 것입니다.

이를 위해 가족사진을 자주 찍을 것, 식사시간에 온 가족이 대화를 나눌 것, 가족끼리 여행을 자주 할 것, 가족의 생일이나 기념일 등을 특별하게 기념해줄 것 등을 추천했습니다. 또한 함께 기념할 일이 생기면 온 가족이 모이는 것을 전통으로 삼으라고 했습니다.

예를 들면 자녀의 입학식이나 졸업식 등에는 온 가족이 빠짐없이 참여하라는 것입니다. 다른 친구들 앞에서 온 가족이 모여 자신을 존중해주고 배려해주는 모습에서 아이는 자기 가정에 큰 자부심을 갖게 될 것입니다.

가족의 자부심 만들기 1

지금도 독일 북부 지방에서 실시되고 있는 재미있는 행사 한 가지를 소개하겠습니다.

해마다 부활절 전야가 되면 어른들은 일찌감치 아이들을 재우느라 정신이 없습니다. 아이들이 빨리 잠들지 않으면 포도주를 먹여서라도 억지로 재웁니다. 그러고는 아이들 몰래 부활절을 기념하는 토끼 모양의 부활절 초콜릿을 집 안 구석구석에 숨겨둡니다.

다음날 아침이면 집집마다 그 초콜릿을 찾는 대대적인 보물찾기 행사가 벌어집니다. 부엌 선반 위에도 있고, 욕실의 수건 수납장에도 있습니

다. 또는 아이들 책가방 속이나 마당의 풀섶 사이에도 있습니다.

온 가족이 모여 이런 보물찾기를 하다 보면 어느새 집 안에는 훈훈한 기운이 감돌고 얼굴마다 웃음이 피어오릅니다. 돈이 많이 드는 것도 아니고, 특별한 준비가 필요한 것도 아닙니다.

우리 가정에서 이를 응용한다면 굳이 초콜릿일 필요는 없습니다. 아주 조그만 카드도 좋고 엽서도 좋습니다. 그저 조그만 카드에다 '사랑한다'는 말을 써서 아이들이 깜짝 놀랄 만한 장소에 숨겨두십시오. 우연찮게 그 카드를 찾아낸 아이는 아주 기뻐할 겁니다.

어린이날이 되면 마치 예수께서 제자들의 발을 씻겨주셨던 것처럼 아버지가 아이들의 발을 씻겨줄 수도 있습니다. 가족끼리 일주일에 한 통씩 사랑의 편지를 주고받을 수도 있습니다. 일주일에 한 번씩은 무슨 일이 있어도 온 가족이 함께 식사하고 한 방에서 잠을 자도 좋습니다.

바로 이러한 결속력이 자부심 가득한 가정을 만들어줄 것입니다.

가족의 자부심 만들기 2

미국 플로리다주의 어느 초등학교에 한 여자 선생님이 있었습니다. 그는 발렌타인 데이 샌드위치 파티라는 것을 착안하였습니다.

이 파티에는 여러 가족이 참가할 수 있는데, 샌드위치 만드는 데 필요한 재료를 집에서 각자 하나씩 가져옵니다. 어떤 집은 빵을 준비하고, 또 어떤 집은 그 속에 들어갈 채소와 소스 또는 소시지를 준비합니다. 그러고는 한자리에 모여 각자 준비해온 재료로 열심히 샌드위치를 만듭니다.

하지만 어느 누구도 그 샌드위치를 먹지는 않습니다. 대신 가족끼리 손을 잡고 미리 정해둔 가난한 사람의 집이나 장애인을 찾아가 샌드위치를 선물합니다.

자녀들에게 가족 사랑의 가치를 일깨우고 가정에 대한 자부심을 불어넣는 데에는 이보다 더 좋은 방법이 없을 것입니다.

말은 여자의 몫(?)

우리는 언어의 순기능을 제대로 활용하지 못하고 삽니다. 특히 남성이 더 심합니다. 고마워도 제대로 고맙다는 말을 못하고, 속이 상해도 그 아픔을 혼자 짊어지는 것이 남성입니다. 하나님이 본래 남성을 그렇게 만든 탓입니다.

남성과 여성의 신체를 연구해보면 아주 재미있는 사실을 발견할 수 있습니다. 그 중 하나가 남성과 여성의 성대 길이가 다르다는 점입니다. 남성의 성대는 여성보다 무려 3배나 더 깁니다. 이 말은 곧, 말을 할 때 남성은 여성보다 3배의 산소가 더 필요하다는 뜻입니다. 그 정도의 공기가 있어야 성대가 울립니다. 그러니 남성이 말을 잘하고 많이 하려면 상당한 노력과 에너지가 필요합니다.

이에 비해 여성은 말하기가 상대적으로 쉽습니다. 공기도 많이 필요하지 않고 어휘력도 남성보다 훨씬 풍부합니다. 그래서 여성은 전화기에 대고 2시간이 넘도록 수다를 떨고도 이렇게 전화를 끊습니다.

"자세한 얘기는 만나서 하자."

이런 차이는 다른 데서 생긴 것이 아니라 하나님께서 그렇게 만드셨기 때문입니다. 따라서 말로써 가정을 따뜻하게 하고 가족에게 용기를 주는 일은 여성의 몫에 가깝습니다. 하나님께서 그렇게 만드셨기 때문입니다.

가정의 비전

얼마 전 미국에서 미래의 계획에 관한 아주 흥미로운 설문조사가 있었습니다.

조사 결과 응답자의 60퍼센트는 아무 계획 없이 흘러가는 대로 산다고 했고, 27퍼센트는 앞으로 어떻게 먹고 살 것인지 경제적인 계획을 세웠다고 했습니다. 10퍼센트는 앞으로 어떤 꿈을 위해 시간을 보낼 것인지 구체적으로 생각해보았다고 했고, 나머지 3퍼센트는 그 계획을 자세히 기록해놓았다고 했습니다.

흥미로운 것은 이러한 응답 내용이 아니라 그렇게 응답한 사람들의 실제 생활입니다. 아무 계획 없이 산다고 대답한 사람들은 모두 정부나 민간단체에서 생활보조금을 받는 영세민이었습니다. 경제적인 계획을 세웠다고 말한 사람들은 샐러리맨이거나 일용직이었습니다.

하지만 미래에 대한 구체적인 계획을 갖고 있다고 응답한 사람들은 의사나 변호사처럼 전문직에 종사하는 상류층이었습니다. 인생의 계획을 문서로 만들었다고 말한 3퍼센트는 각계각층에서 미국 사회를 이끌어가는 최고 지도층이었습니다.

바로 이것이 비전의 힘입니다.

이제 우리 가정에도 비전이 있어야 합니다. 그것만이 우리 가정의 미래를 약속해줍니다. 하지만 가정의 비전도 출발점과 목표가 제대로 세워져 있지 않으면 아무 소용이 없습니다.

　돈을 좀더 벌거나 더 큰 집으로 이사하는 것 따위는 진정한 비전이 될 수 없습니다. 여러분은 가정의 비전을 어떻게 세울 겁니까? 무엇을 목표로 삼을 겁니까?

지상에서 가장 아름다운 것

어느 날 신이 세 명의 천사에게 땅에 내려가 가장 아름다운 것 한 가지씩을 가져오라고 명령했습니다.

세 명의 천사는 땅으로 내려와 여행을 시작했습니다.

먼저 한 천사가 화사하게 피어난 꽃을 골랐습니다. 두번째 천사는 어린아이의 맑디맑은 웃음을 담았습니다. 세번째 천사는 어머니의 조건 없는 사랑을 담았습니다.

세 천사는 세 가지 아름다움을 들고 하늘로 향했습니다.

그런데 천국으로 가는 데 시간이 오래 걸렸습니다. 천사들이 천국에 도착하여 그 세 가지를 신 앞에 내려놓았을 때 예쁜 꽃은 이미 시들어 있었고, 어린아이의 웃음도 아름다운 모습을 잃어버렸습니다. 하지만 어머니의 사랑은 세월의 변화에도 불구하고 그 아름다움을 그대로 지니고 있었습니다.

신은 이렇게 결론을 내렸습니다.

"지상에서 가장 아름다운 것은 어머니의 사랑이다."

제 3 장

부모

아이들의 영원한 버팀목

부모를 위한 기도

"오 주님, 저로 하여금 더욱 훌륭한 부모가 되게 하소서.

자녀를 사랑하고 자녀의 말을 끈기있게 들어주며 자녀의 괴로운 문제들을 사랑으로 이해할 줄 아는 부모가 되게 하소서.

지나친 간섭을 삼가고 자녀와의 말다툼을 피하며 모순된 행동으로 자녀를 실망시키지 않게 하소서.

부모에게 예의바른 자녀가 되기를 바라는 것처럼 우리도 자녀에게 친절하며 정중하게 하소서.

비록 부모라 할지라도 잘못을 깨달았을 때는 용감하게 자신의 허물을 고백하며 용서를 구할 수 있는 용기를 허락해주소서.

어느 한편으로 치우치지 않고 늘 공정하며 생각이 깊고 사랑 넘치는 부모가 되게 하시어 자녀에게 진심으로 존경받는 부모가 되게 하소서.

자녀에게 사랑받고 자녀가 진정으로 닮기 원하는 부모다운 부모가 될 수 있도록 깨우쳐주소서. 예수님 이름으로 기도드립니다."

찰스 왕세자의 비극

다이애나비의 사망으로 더욱 설 자리가 좁아진 찰스 왕세자의 이야기를 잠깐 들려드리겠습니다.

찰스 왕세자의 아버지 필립 공은 군인 출신이었는데, 언제나 아들의 일생을 자기 무릎 위에 놓고 조정하려 했습니다. 찰스를 자기처럼 강인한 군인으로 키우려고 했던 것입니다.

필립은 학교생활에 적응하지 못하는 아들을 겁쟁이라고 놀렸으며, 48세나 된 아들의 의견에 늘 조롱과 빈정거림으로 응수했습니다. 하고 싶은 말이 있으면 직접 대화하지 않고 하인을 통해 전갈을 보냈습니다. 아들의

생일을 기억해주지 않은 것은 물론입니다. 아버지의 이같은 권위적인 태도가 아들 찰스 왕세자의 마음을 황폐하게 만들었습니다.

찰스의 어머니도 마찬가지였습니다. 엘리자베스 2세는 대영제국의 여왕으로서 공무를 수행하느라 바빴습니다. 아들에게 키스하거나 껴안아주는 일조차도 힘겨워했습니다. 어린 시절 찰스는 하루 30분 정도밖에 어머니를 볼 수 없었고, 대부분의 시간은 유모와 함께 지내야만 했습니다.

한번은 어머니와 아버지가 영국 순회를 떠났는데, 6개월 만에 돌아온 어머니의 애정 표현은 공식석상에서 아들 찰스와 악수를 나눈 것이 전부였습니다.

찰스의 이같은 애정 결핍은 결국 결혼생활에서 문제를 드러내고 말았습니다. 부부의 갈등과 불륜, 그리고 다이애나비의 죽음으로 찰스는 세계인 앞에서 수치를 당했습니다. 물론 이는 성경 말씀 그대로 아버지 필립과 어머니 엘리자베스의 몫이기도 합니다.

하나님의 선물

하나님에게 고민이 하나 생겼습니다.

이 세상의 사람이 점점 늘어나자 하나님은 한순간도 편하지 못했습니다. 병든 자를 어루만져주어야 하고, 슬퍼하는 자는 눈물을 닦아주어야 했으며, 외로운 자는 그 쓸쓸함을 달래주어야 했습니다.

하나님은 '어떻게 하면 사람들에게 사랑과 평화를 골고루 나누어줄 수 있을까' 하고 고민을 거듭했습니다. 그러다가 문득 좋은 생각이 떠올랐습니다.

"그래, 사람들에게 어머니를 만들어주자!"

그리하여 사람들은 누구나 어머니를 갖게 된 것입니다.

효자의 아들

옛날 어느 마을에 효성이 지극한 아들이 있었습니다. 아들은 늙은 아버지를 잃고 크게 상심한 나머지 식음까지 전폐하며 슬퍼했습니다. 마당에 석탑까지 세워가며 애통해 하니 몸은 나날이 수척해졌습니다. 이런 아버지의 모습을 바라보는 나이 어린 아들의 근심 또한 여간 크지 않았습니다.

어린 아들은 곰곰이 생각한 끝에 드디어 한 가지 묘안을 떠올렸습니다. 아들은 며칠 전 죽은 소의 무덤을 찾아가 그 앞에 풀을 갖다놓고 외쳤습니다.

"어서 일어나 이것을 먹어라."

아들의 이상한 행동은 곧 마을 전체에 소문이 나서 아버지 귀에까지 들어갔습니다. 아버지는 급히 아들이 있는 곳으로 갔습니다.

"애야, 이 소는 죽은 지 여러 날이 지났는데, 어떻게 일어나서 풀을 먹는단 말이냐?"

그러자 아들은 시치미를 뚝 떼고서 말했습니다.

"아버지, 제가 이렇게 슬퍼하는데도 소가 다시 살아나지 않습니다."

그제서야 아버지는 아들의 속마음을 읽었습니다.

"오, 내 아들이 내게 깨우침을 주는구나. 그래, 이제는 나도 더 이상 네 할아버지의 죽음을 괴로워하지 않겠다. 그러니 너도 그만 일어나거라."

할머니의 지혜

우리 시대의 서글픈 이야기를 하나 할까 합니다.

자녀 여러 명을 모두 결혼시키고 혼자 사는 할머니가 있었습니다. 아들이고 딸이고 모시지 않는 바람에 조그만 아파트를 얻어서 혼자 살았는데, 그만 병이 나고 말았습니다. 자식들 가르치고 결혼시키느라 남은 재산도 없었고, 그러다 보니 간병하겠다고 나서는 자식도 없었습니다.

생각다 못한 할머니는 의료봉사단에 전화를 걸어 자원봉사자나 다름없는 간병인을 불렀고, 그 간병인에게 자기 처지를 하소연했습니다. 그러자 간병인은 좋은 방법이 있다며 할머니의 귀에 대고 속삭였습니다. 그런 다음 간병인은 자식들에게 전화를 걸어 할머니가 위독하니 모두 모이라고 연락했습니다.

얼마 뒤 한자리에 모인 자식들은 전혀 슬퍼하는 기색이 없었습니다. 할머니는 간병인을 불러 수고했다며 수표를 몇 장 쥐어주었습니다. 자식들의 눈이 갑자기 휘둥그레졌습니다. 무일푼인 줄 알았던 어머니에게 저렇게 큰돈이 있을 줄은 상상도 못했던 것입니다. 더구나 하루 왔다 가는 간병인에게 저만큼의 수고비를 줄 정도면 어머니에게는 아마 엄청나게 많은 돈이 있을 것이라 믿었습니다.

그뒤로 자식들의 태도가 달라졌습니다. 하루 건너 하루씩 아들이며 딸이 먹을 것, 입을 것을 사오느라 분주했습니다. 그때마다 어머니는 간병인에게 고액의 수고비를 계속 주었습니다. 하지만 자식들에게는 100원

도 주지 않았습니다. 그럴수록 자식들은 어머니의 환심을 사려고 정성을 쏟았습니다.

드디어 할머니가 임종의 순간을 맞이하게 되었습니다. 할머니는 장례가 끝난 다음 간병인한테서 통장을 받아 나누어 가지라는 유언을 자식들에게 남겼습니다.

이윽고 장례가 끝나고 통장을 건네받은 자식들은 깜짝 놀라고 말았습니다. 왜냐하면 그 통장에는 단돈 500원밖에 없었기 때문입니다.

그때 자식들의 마음은 몹시 아팠을 것입니다. 그 이유가 노모를 모시지 못한 자책감 때문이었기를 바랍니다.

어떤 약속

미국의 어느 마을에 워싱턴이라는 젊은이가 있었습니다.

그는 몹시 해양생활을 하고 싶었습니다. 그래서 해군사관학교에 가려고 어머니를 졸랐습니다. 어머니는 달갑지 않았지만 워낙 아들의 의지가 강한지라 할 수 없이 허락했습니다.

드디어 그토록 원하던 바다를 향해 떠나는 날이 다가왔습니다.

워싱턴은 짐을 꾸려 하인에게 옮겨달라고 부탁하고는 작별인사를 하기 위해 어머니에게로 갔습니다. 어머니는 아들을 떠나보내는 슬픔을 이기지 못하고 줄곧 눈물을 흘렸습니다. 그 모습을 본 아들은 하인을 불러 마차에 실은 짐을 다시 내려놓으라고 일렀습니다. 어머니의 상심이 그토록 클 줄은 미처 몰랐기 때문입니다.

그때 어머니는 워싱턴에게 이렇게 말했습니다.

"하나님은 부모를 존중하는 자에게 축복을 주시겠다고 약속하셨다. 그래서 나는 자신있게 말할 수 있단다. 아들아, 하나님께서 너를 축복해주실 것이다."

바로 미국의 초대 대통령인 조지 워싱턴의 이야기입니다.

부모를 위한 10계명

- 사랑이 넘치는 행복한 가정을 만들자.
- 부모 스스로 먼저 훌륭한 본보기가 되자.
- 올바르고 충만한 사랑을 표현하자.
- 좋은 부모가 되도록 꾸준히 훈련하자.
- 자녀에게 위대한 정신과 꿈을 심어주자.
- 자녀와 함께 지내는 시간을 많이 갖자.
- 자녀의 개성을 존중하고 길러주자.
- 자녀 스스로 할 수 있는 일은 대신해주지 말자.
- 자녀의 책임감을 길러주고 자녀 스스로 책임을 지게 하자.
- 명령과 강요보다 자유와 행복을 누리게 하자.

왕보다 높은 사람

나폴레옹이 폴란드를 점령한 뒤에 있었던 일입니다.

하루는 폴란드의 부자 영주가 저녁식사에 나폴레옹을 초대했습니다. 신하들과 함께 영주의 집을 찾아가니 벌써 많은 손님이 와 있었습니다. 그 중에서 나폴레옹은 가장 중요한 손님이었습니다.

그런데 나폴레옹의 자리는 세번째 좌석에 마련되어 있었습니다. 누가 봐도 손님 가운데 나폴레옹보다 더 높은 사람은 없었습니다. 하지만 나폴레옹은 개의치 않았습니다. 만찬이 끝날 때까지 두 자리의 주인공은 끝내 나타나지 않았습니다.

만찬이 끝나자 나폴레옹의 신하들은 기가 차다는 듯 영주에게 따져 물었습니다.

"도대체 저 두 자리는 누구 자리요? 당연히 우리 황제가 첫번째 자리에 앉아야 하는 것 아닙니까?"

그러자 영주는 태연자약하게 대답했습니다.

"프랑스에서는 황제가 가장 높을지 모르지만, 우리 집에서는 아버지와 어머니가 가장 윗분이십니다. 저 두 자리는 부모님 자리였습니다. 그런데 오늘 몸이 편찮으셔서 결국 참석하지 못했습니다."

영주의 말을 들은 나폴레옹은 크게 감동했습니다. 프랑스로 돌아온 그는 효성이 지극한 폴란드 영주를 모든 국민에게 알리고 효도의 중요성을 강조했습니다.

진정한 효자

약간 우스갯소리지만 진정한 효에 관해 한번 곰곰이 생각해보겠습니다.

어느 마을에 효자로 소문난 아들이 있었습니다. 새 원님이 부임할 때마다 효자는 두둑한 상을 받곤 했습니다.

어느 날 다시 새 원님이 부임하여 그 효자를 찾았습니다. 효자는 상을 기대하며 원님에게 갔습니다.

"네가 그 소문난 효자더냐?"

"네, 그렇습니다."

"도대체 어떻게 부모를 봉양하기에 네 이름이 그렇게 자자하냐?"

"네, 어머님이 돌아가신 지 15년이 되었는데, 제가 아버님께 손수 밥도 지어올리고 빨래도 해드리고 어깨도 주물러드리고 있습니다. 하지만 힘이 모자라 아버님을 섬기는 데 아직도 부족함이 많습니다."

듣고 있던 원님은 엄한 얼굴로 이렇게 호령하였습니다.

"참으로 못됐구나. 네가 효자라니 어림도 없는 소리다. 아버지가 15년 동안이나 홀아비로 살았으면 짝을 구해드려야지, 어찌 너를 두고 효자라 하겠느냐."

원님은 효자에게 상 대신 곤장 열 대를 내린 다음, 다시는 효자 명단에 올리지 말라고 명령하였습니다.

효자의 아버지는 아들이 또 상을 받아오려니 기대했는데, 울고 오는 모습을 보자 어안이 벙벙해졌습니다.

"애야, 이게 어찌 된 일이냐? 상도 못 받고 매만 맞고 돌아오다니."

원님 앞에서 일어난 일을 낱낱이 얘기하자 아버지는 고개를 끄덕이며 말했습니다.

"과연 이번에 부임한 원님이 훌륭한 어른이로다."

어머니의 마음

고슴도치도 제 자식은 예뻐한다는 말이 있습니다.

아주 늦게 아들을 얻은 어머니가 있었습니다. 아들은 몹시 못생겼지만 어머니에게는 그렇게 보이지 않았습니다. 그 아이를 본 사람들은 하나같이 떨떠름한 표정을 지을 뿐 아무도 칭찬해주지 않았습니다. 어머니는 그 사실이 참으로 의아했습니다.

'이렇게 잘생긴 아들을 보고 어째서 칭찬 한마디 없을까?'

그러던 어느 날 낯선 사람이 마을을 지나다가 엄마 등에 업힌 이 아이를 보고 감탄하면서 말했습니다.

"참 잘도 생겼다. 그놈, 참 잘생겼어. 꼭 자구 새끼 챙이 같구나!"

어머니는 처음 듣는 말이라 자기 귀를 의심할 정도였습니다. 그래서 나그네더러 어서 들어가 점심이라도 들고 가라며 권했습니다. 어머니는 기쁨에 들떠 암탉을 잡는 등 점심상을 푸짐하게 차려주었습니다.

해질 무렵 남편이 집으로 돌아오자 부인은 기다렸다는 듯이 말을 꺼냈습니다.

"글쎄, 우리 아들보고 잘생겼다는 사람을 만났지 뭐예요."

"그래, 그 사람이 뭐라고 하던가?"

남편은 궁금해서 아내에게 물었습니다.

"글쎄, 우리 아들보고 무조건 잘생겼대요. 그런데 여보, 자구 새끼 챙이라니, 그게 무슨 말이죠?"

"아니, 뭐? 자구 새끼 챙이? 그건 욕이잖소."

남편이 고개를 설레설레 흔들면서 아내를 노려보았습니다.

"어째서요?"

"그 말은 멱자구(개구리의 사투리) 새끼 올챙이라는 말이오. 그렇다면 그게 칭찬이요, 욕이요?"

여러분은 혹시 고슴도치 엄마, 고슴도치 아빠는 아닌지요? 때로는 자식의 외모·능력·성격 등을 객관적으로 바라볼 필요가 있습니다.

죄수 아버지

옛날 오스트리아의 빈에서는 죄수를 청소부로 부려먹었습니다.

어느 날 수상이 창 밖을 내다보고 있는데, 마침 죄수들이 나와 거리를 청소하고 있었습니다. 그때 옷을 훌륭하게 차려입은 젊은 학생이 죄수 가운데 한 사람에게 다가가 그의 손에 입을 맞추는 모습이 보였습니다.

수상은 상황을 짐작했습니다. 죄수는 위험한 정치적 지도자이며 청년은 그의 부하일 것이라고 말입니다. 수상은 즉시 젊은 학생을 불러 조금 전의 행위를 설명하라고 힐문했습니다.

학생은 스스럼없이 대답했습니다.

"각하, 그 분은 제 아버지입니다."

수상은 아버지를 향한 학생의 공경심에 감동하여 황제에게 알렸습니다. 황제는 그렇게 훌륭한 자식을 두었다면 그가 나쁜 사람일 수 없다고 생각하고 그 죄수를 즉시 석방했습니다.

아들을 위하여

먹고 살기가 매우 어려워 늙은 부모를 내다버리는 나쁜 풍습이 횡행하던 시절의 이야기입니다.

어떤 아들이 제대로 거동 못하는 어머니를 모시고 깊은 산중으로 향하고 있었습니다. 그런데 노모를 업고 가던 아들이 뒤를 돌아보니 어머니가 계속 나뭇가지를 꺾어서 버리지 않겠습니까.

이상하게 여긴 아들이 어머니에게 물어보았습니다.

"어머니, 그 나뭇가지는 왜 꺾어서 버리십니까?"

"길에 표시해두는 거란다."

"이제 가시면 그만인 길 아닙니까?"

"나 때문이 아니라 너 때문이다. 만약 나를 버리고 돌아가다가 길을 잃으면 이것을 보고 찾아가거라."

어머니의 애원

고와다시 다케오라는 일본의 유명한 맹인 목사의 이야기입니다.

자신만만한 청년이던 그는 고등학교 때 그만 눈이 보이지 않게 되었습니다. 그래서 독약을 먹고 자살할 결심을 굳혔습니다. 그가 독약을 마시려는 순간 어머니가 붙잡고 간청했습니다.

"장님이라도 좋으니 나를 위해 살아다오."

나를 위해서 살아달라는 어머니의 애원에 그는 죽지 않았습니다. 그리고 크리스천인 어머니가 이끄는 대로 예수님을 만나게 되었습니다. 예수님을 알게 된 뒤로 그의 인생은 새로운 활력으로 가득 찼습니다.

런던 유학까지 다녀온 그는 뒷날 《빛은 어둠에서 왔다》라는 유명한 책을 쓰기도 했습니다.

어머니의 애원이 한 생명을 온전히 구원한 것입니다.

약속을 지키는 어머니

미국의 여성 문화인류학자 도로시 리의 고백을 들어보겠습니다.

그는 날마다 현장을 답사하고 원고 쓰고 강의하느라 정신이 없었습니다. 게다가 세 자녀를 두었기 때문에 집안일도 많았습니다. 오죽하면 미국에서 가장 바쁜 100명 가운데 한 사람으로 뽑혔겠습니까.

어느 날 피곤한 몸을 이끌고 집으로 돌아온 그는 저녁을 먹고 나서 다음날 강의 준비와 논문 정리를 마쳤습니다. 주말의 답사 일정을 체크하고 부엌일까지 모두 끝냈습니다. 시간은 이미 자정을 넘어서고 있었습니다.

드디어 그토록 바라던 시간이 왔습니다. 이제 푹 쉴 수 있겠다고 생각하자 온몸이 더 뻐근하고 양쪽 어깨는 커다란 쇳덩이가 누르는 것처럼 욱

신거렸습니다.

잠자리에 들려는 순간 문득 다섯 살 난 앤이 생각났습니다. 마지막으로 앤의 잠자리만 봐주면 무조건 잠을 자기로 작정했습니다. 그런데 잠들어 있는 앤의 옆에 놓인 작은 인형을 보는 순간 깜박 잊었던 일이 떠올랐습니다. 바로 그날까지 인형 이불을 만들어주기로 약속했던 것입니다.

그는 잠시 고민에 빠졌습니다.

'너무 피곤하니까 내일 만들어주자.'

'아이와 약속한 일인데 아무리 피곤해도 지켜야지.'

결국 그는 딸과의 약속을 지키기 위해 실과 바늘을 들었습니다.

그러자 놀라운 일이 벌어졌습니다. 욱신거리던 어깨가 갑자기 편안해지고 머리도 맑아졌습니다.

"정말 이상한 일이었어요. 인형 이불을 만드니까 마치 진통제라도 먹은 것 같았어요. 그토록 견디기 힘든 피로감도 연기처럼 사라지더라구요. 인형 이불을 거의 다 만들었을 때는 '내가 어머니구나' 하는 알 수 없는 황홀함마저 느껴졌어요. 왜 진작 그런 기쁨을 느끼지 못하고 바깥일을 핑계 삼았는지 정말 후회스러웠어요."

아들의 용기

루마니아의 푸로레스코 목사가 공산당에게 잡혀 감옥에 갔습니다. 심한 고문에도 불구하고 끝까지 예수님을 믿겠다고 하자 마지막 방법이 동원되었습니다. 그가 보는 앞에서 목사의 열한 살짜리 아들을 벌거벗기고 거꾸로 매달아 끓는 물을 코에 부었습니다.

푸로레스코 목사는 아들이 죽어가는 모습을 도저히 지켜볼 수 없었습니다. 그래서 "예수님을 모른다!"고 외치려는 순간, 고문당하던 아들이 먼저 외쳤습니다.

"아버지, 조금만 참으세요. 나는 배신자 아버지를 내 아버지로 모시고 싶지 않아요."

푸로레스코 목사는 아들의 말에 용기를 얻었습니다. 그리하여 끝까지 신앙을 포기하지 않을 수 있었습니다.

여기서 우리는 두 가지를 생각하게 됩니다. 어떤 환경에서도 자기가 믿는 바를 끝까지 따르는 의지를 갖도록 하십시오. 또 그것을 우리 자녀들에게도 분명하고 확신있게 심어주어야겠습니다.

아버지의 약속

　어느 아름다운 호수를 가로질러가던 유람선이 갑자기 가라앉기 시작했습니다. 유람선에는 여섯 아이를 데리고 탄 아버지가 있었습니다. 그는 다행히 수영을 잘했으므로 아이들을 하나씩 구하기로 마음먹었습니다.

　아버지는 점점 가라앉고 있는 배 위에서 아이들에게 말했습니다.

　"지금부터 아버지가 한 명씩 육지로 데리고 나가겠다. 반드시 돌아올 테니까 겁내지 말고 기다려야 한다."

　필사적으로 헤엄쳐 다섯번째 아이를 육지로 데려다놓은 아버지는 거의 쓰러질 듯했습니다. 그가 마지막 아이를 구하려고 배를 향하는 순간 사람들은 극구 만류했습니다.

　"지금 가면 당신도 아이도 살지 못해요."

　"안 됩니다. 아이 하나가 아직 배에 있습니다. 나는 아이에게 꼭 다시 돌아오겠다고 약속했습니다."

　아버지는 젖먹던 힘까지 내어 헤엄쳤습니다. 간신히 배에 닿아 마지막 아이를 안았습니다. 하지만 기운이 다 빠져서 더 이상 헤엄칠 수 없었습니다. 아버지는 아이를 가슴에 꼭 껴안은 채 물 속으로 가라앉고 말았습니다.

아들의 귀환

한국전쟁에 참가했던 아들이 귀국하여 어머니에게 전화를 했습니다.

"어머니, 제가 돌아왔습니다."

그 동안 생사를 몰라 애태우던 어머니는 아들이 살아 돌아온 것이 꿈만 같았습니다.

"그런데 어머니, 친구를 데리고 왔어요. 그 친구는 몹시 다쳤고, 집도 없어요. 그래서 우리와 함께 살았으면 해요."

"그렇게 하려무나."

"그 친구는 한 눈에, 한 팔에, 다리도 하나밖에 없어요."

"그래, 충격이 아주 컸겠구나. 당분간 우리와 함께 살자꾸나."

"어머니, 그건 안 돼요. 평생 같이 살았으면 해요."

"그건 안 된다. 그애는 평생 너의 짐이 될 거야."

그러자 전화는 끊겼습니다.

다음날 아들은 집에 오지 않고 대신 전보 한 통만이 날아왔습니다. 아들이 호텔에서 뛰어내려 자살했다는 내용이었습니다.

아들의 시체가 집에 도착하자 어머니는 모든 사실을 깨달았습니다. 아들은 외눈에, 외팔에, 외다리였습니다. 그는 자기가 부모에게 평생 짐이 되리라 생각했던 것입니다.

아버지의 자리

무엇이든 제자리에 있지 않으면 추합니다. 밥은 밥그릇 안에 담겨 있어야지 방바닥에 굴러다니면 더러워집니다. 잡초도 들판에 있으면 보기 좋지만 논 한가운데 있으면 당장 뽑히고 맙니다. 남편도 아내 옆에 누워 있으면 괜찮지만 다른 여자 옆에 누워 있으면 추해 보입니다.

마찬가지로 아버지는 아버지의 자리에 있어야 합니다. 그 자리가 비어 있으면 그보다 불행한 일이 없습니다.

미국 브론펜브레너 박사의 조사에 따르면, 중산층 가정의 아버지가 자녀와 함께 보내는 시간은 하루 평균 15~20분에 불과했습니다. 아버지가 자녀와 함께 얼굴을 마주치는 횟수는 하루 평균 2.7회이고, 그 시간도 각각 10~15초를 넘지 못하는 것으로 나타났습니다. 반면 아이들이 텔레비전을 보는 시간은 일주일에 30~50시간이나 되었습니다.

이것이 바로 오늘의 현실입니다. 하지만 바쁘다는 이유로 아버지 부재 현상을 합리화하고 얼버무리기에는 그 대가가 너무 크다는 점을 주목해야 합니다.

평균적으로 아버지가 없는 아이들의 성적이 낮고 학업 성취도가 떨어집니다. 가정 연구가인 바버라 데포 화이트헤드는 "모든 조건을 동일하게 해도 정상적인 가정의 아이와 아버지 없는 아이의 학업 성취도는 큰 차이를 보인다"고 했습니다.

또 아버지 없이 자란 아이들이 가난해질 확률은 아버지와 함께 자란 아

이보다 5배나 높고, 극빈자가 될 확률은 10배나 높게 나타났습니다. 아버지 없이 자라난 청소년은 성적으로 문란해지기 쉽고, 여자아이의 경우 미혼모가 될 확률이 70퍼센트나 되는 것으로 집계되었습니다.

그래서 아버지의 자리가 있어야 합니다. 아버지의 참여 없이 자라난 아이는 결코 균형잡힌 교육을 받을 수 없기 때문입니다. 어머니가 아무리 자상하고 꼼꼼하더라도 도저히 채워줄 수 없는 아버지의 자리가 따로 있습니다. 바로 그 자리를 채워주는 것, 그리고 그 자리의 가치를 깨닫고 최선을 다해 자녀에게 사랑과 관심을 가져주는 것이야말로 아버지의 진정한 역할입니다.

자녀에 대한 사랑은 구체적이어야

미국 듀크대학의 생물학자 솔 버그 박사가 몇 해 전 아주 흥미로운 실험 결과를 발표한 적이 있습니다. 새끼쥐를 어미한테서 격리시키면 성장을 멈춘다는 사실이었습니다. 어미가 핥아주지 않자 새끼의 성장 호르몬 분비가 줄어든 것입니다.

그러나 어미쥐의 혀 놀림을 흉내내어 젖은 붓으로 새끼를 쓰다듬어주자 호르몬 수치가 다시 올라가기 시작했습니다. 쥐는 대개 600일쯤 사는데, 사랑하는 마음으로 하루에 한두 번씩 쓰다듬어주자 수명이 900일 이상으로 늘어나기도 했습니다.

좋은 아버지가 되려면 아버지의 자리를 지키면서 자녀에 대한 사랑을 구체적으로 표현하는 것이 좋습니다. 표현되지 않은 사랑은 상대방에게는 암호와 같기 때문입니다.

아버지의 교훈

어느 해 겨울에 일어난 일입니다.

뒤늦게 어린 아들을 둔 음악가가 손님을 맞이하게 되었습니다. 그 집 마루 한가운데에는 오래된 연탄난로가 놓여 있었습니다. 그런데 아이가 자꾸만 난로에 가까이 다가갔습니다.

음악가는 손님과 얘기하는 틈틈이 아이를 난로 곁에서 떨어지게 했고, 난로 곁에 다가가면 큰일난다고 겁을 주기도 했습니다. 그런데도 아이는 호기심을 이기지 못해 난로의 연통을 잡으려고 손을 뻗쳤습니다. 그때마다 음악가는 아이를 떼어놓느라 정신이 없었습니다.

그러기를 몇 차례.

드디어 음악가는 결심한 듯 아들의 손을 잡고 난로 곁으로 다가갔습니다. 그러고는 아이의 손과 자기 손을 연통에 올려놓았습니다. 물론 그 다음부터 아이는 연통에 손을 대지 않았습니다.

이와 관련해 성경 말씀 두 구절을 소개하겠습니다.

"아이의 마음에는 미련한 것이 얽혀 있으나 채찍이 이를 멀리한다."(잠언 22:15)

"채찍과 꾸지람이 지혜를 주거늘 임의로 하게 버려두면 그 자식은 어미를 욕되게 한다."(잠언 29:15)

기적을 만드는 대화

옛날 프랑스에는 모두 69명의 군주가 있었습니다. 그 가운데 백성에게 진정한 사랑과 존경을 받았던 군주는 겨우 세 명에 불과합니다. 생 루이, 루이 7세 그리고 앙리 4세가 그들입니다.

그들은 한 가지 공통된 특징을 지니고 있습니다. 바로 '어머니와의 대화'입니다. 다른 군주들은 어머니와 떨어져 유모의 손에서 자랐지만, 위의 세 군주는 어머니 품에 자라면서 충분한 대화를 나눌 수 있었습니다.

부모와 자녀 사이의 대화는 그만큼 중요합니다. 대화는 서로를 믿고 신뢰한다는 뜻입니다. 내 마음을 열어 상대방을 받아들인다는 표현입니다. 응어리진 관계를 풀어주고 건전한 가치관을 가꿔줍니다. 상대방의 생각을 거부하지 않는 우호적인 표현이자, 타인과의 접촉을 통해 자기 스스로를 발전시키는 적극적인 의사이기도 합니다.

미국의 어느 사회학자는, 부모와 자녀 사이의 대화를 회복할 수만 있다면 미국 청소년 범죄의 90퍼센트 이상을 예방할 수 있다고 진단했습니다.

여러분의 가정은 어떻습니까? 여러분의 가정에는 진정한 대화가 있습니까? 그저 형식적인 대화가 아니라, 마음과 마음이 통하고 영혼과 영혼이 연결되는 그런 대화 말입니다. 대화가 없는 가정은 시한폭탄을 안고 사는 것과 마찬가지입니다.

어머니의 자리

신은 모든 곳에 있을 수 없기에 어머니를 만들었다는 말이 있습니다. 이 말을 대할 때마다 우리 자녀에게 어머니가 얼마나 소중한 존재인지 새삼 깨닫게 됩니다.

미국 갤럽연구소의 통계에 따르면, 어머니 없는 아이는 어머니의 따스한 보살핌을 받고 자란 아이보다 약물에 중독될 확률이 무려 23배나 높은 것으로 나타났습니다. 어머니 없이 자란 딸이 가출할 확률은 32배나 높았습니다.

또 어머니가 있어도 그 역할을 제대로 못한다고 생각하는 아이들의 학업 성취도는 어머니의 존재를 느끼면서 자라는 아이들의 절반에도 미치지 못했습니다.

어머니의 자리는 그만큼 중요하고 힘듭니다.

울타리

"사람에게는 울타리가 필요하다."

이것은 돕슨 박사가 정의한 유명한 말로, 교육학에서 자주 인용되곤 합니다. 그는 〈가정문제의 초점〉이라는 글에서 재미있는 실험 결과 하나를 소개하고 있습니다.

그는 한 학교에서 울타리를 철거해보았습니다. 울타리가 학생들에게 정신적인 구속감을 준다고 믿었기 때문입니다. 그런데 전혀 예상하지 못했던 결과가 나타났습니다. 울타리가 있을 때 학생들은 운동장 전체에 흩어져서 활발하게 뛰어놀았는데, 철거한 뒤로는 오히려 운동장 구석이나 가운데 모여서 옹기종기 놀더라는 것입니다.

사람에게 울타리란 구속감이 아니라 오히려 안정감을 준다는 사실이 증명된 것입니다.

여기서 울타리란 사람이 살아가는 데 필요한 질서, 공중도덕, 관계에 따른 예의범절 등을 뜻합니다. 자유방임보다는 적절한 훈계와 제재가 자녀를 훌륭하게 키우는 지름길입니다. 요즘 부모님들, 자녀들 '기'를 너무 살리고 있지는 않은지요?

제 4 장

자녀 교육

몸으로 가르쳐야 마음으로 따른다

연금술사 아버지의 가르침

이탈리아 피렌체 태생의 벤베누토 첼리니는 르네상스 시대의 조각가로, 그 유명한 〈페르세우스〉를 조각한 사람입니다.

그가 다섯 살 때의 일입니다.

첼리니의 아버지는 연금술사였는데, 하루는 활활 타는 불꽃 속에서 무언가 움직이는 것을 보았습니다. 그것은 마치 생물체처럼 힘이 넘쳐흘렀습니다. 그게 무엇인지 재빨리 알아차린 아버지는 첼리니를 불러 그것을 보게 했습니다. 그러고는 첼리니의 따귀를 힘껏 때렸습니다. 첼리니는 너무 놀라기도 하고 아프기도 하여 울음을 터뜨리고 말았습니다.

그러자 아버지는 첼리니를 달래며 이렇게 말했습니다.

"사랑스런 내 아들아. 내가 널 때린 이유는 네가 뭘 잘못해서가 아니란다. 다만 오늘 일을 잊지 않게 해주려고 때렸을 뿐이야. 오늘 네가 본 저것은 불도마뱀이란다. 저놈은 쉽게 모습을 드러내지 않아. 아주 특별한 사람의 눈에만 보이지. 오늘을 영원히 잊지 말거라."

불도마뱀은 연금술의 중요한 상징으로, 일정한 경지에 오른 연금술의 장인만이 볼 수 있다는 전설 속의 생물입니다. 첼리니의 아버지는 평범한 사람이 볼 수 없는 불도마뱀을 아들에게 보여줌으로써 그가 특별한 존재임을 인식하게 하고, 평생 그것을 잊지 않도록 따귀를 때려준 것입니다.

아버지와 아들

구두닦이 아버지는 어려서 부모를 여의고 갖은 고생을 겪으며 힘겹게 살아온 사람입니다. 그는 아들에게 아버지와 함께 한 추억을 남겨주고 싶었습니다. 특히 일터가 있는 검찰청에서 소년범들을 마주할 때마다 아버지 노릇을 제대로 해야겠다는 생각이 절실하게 들었습니다. 그래서 아들을 데리고 주말마다 우리 국토의 등줄기를 밟아가는 백두대간 종주에 나서기로 했습니다.

'아빠랑 나랑' 이라는 글씨를 새긴 붉은색 상의를 맞춰 입고 두 부자는 도전을 시작했습니다. 출발지는 강원도 진부령, 종착지는 지리산으로 정했습니다.

　매주 토요일 오후, 아들이 수업을 끝내고 돌아오면 다음 구간으로 향했습니다. 하루 10시간은 보통이고, 밤새도록 걸은 적도 있습니다.

　한번은 아들이 나무토막처럼 뻣뻣하게 쓰러지는 바람에 아들이 죽는 줄만 알았습니다. 다시 깨어난 아들을 안고 아버지는 눈이 퉁퉁 붓도록 울었습니다. 마침내 종주의 마지막 코스인 지리산 천왕봉에 올랐을 때, 오랜 산행의 든든한 동반자였던 아버지와 아들은 말없이 악수를 나누었습니다.

　아들은 구두닦이 아버지를 판검사 아버지보다 훨씬 더 자랑스럽게 여기게 되었습니다. 아버지는 지나온 백두대간의 봉우리만큼 우뚝 자란 아들에게 말했습니다.

　"아들아! 부디 세상을 품어다오."

　구두닦이 아버지의 말처럼 우리 아이들에게 더 넓고 큰 세상을 보여주십시오.

동가숙 서가식

중국 민담에 '동가숙 서가식(東家宿 西家食)'이라는 말이 있습니다. 그 말에는 다음과 같은 사연이 담겨 있습니다.

과년한 딸을 둔 아버지가 있었습니다. 딸의 혼사가 늦어져서 조바심을 내던 차에 한꺼번에 두 군데에서 혼처가 들어왔습니다. 그런데 공교롭게도 신랑감의 조건이 너무 딴판이어서 여간 고민스럽지 않았습니다. 아버지는 딸을 불러 상의하기로 했습니다.

"얘아, 동쪽 동네 총각은 너무 가난하여 당장 끼니 걱정을 해야 할 정도라는구나. 하지만 그 총각에게는 항우 장사와 같은 힘이 있어. 반대로 서쪽 동네 총각은 어려서부터 잔병치레가 심할뿐더러 지금도 걸핏하면 앓아눕는 약골이라는구나. 하지만 집은 엄청난 부자여서 평생 먹을 걱정은 하지 않아도 된다는데, 이를 어쩌면 좋겠느냐?"

다소곳이 앉아 있던 딸이 빙그레 웃으며 입을 열었습니다.

"아버지, 이렇게 하시지요. 잠은 동쪽 집에 가서 자고, 밥은 서쪽 집에 가서 먹고…."

문설주의 못자국

미국 켄터키주에 사는 헤이즐 패리스에게는 말썽꾸러기 아들 하나가 있었습니다. 아들이 자꾸 못된 짓을 하자 그는 버릇을 고쳐주려고 한 가지 아이디어를 떠올렸습니다. 아들이 잘못을 저지를 때마다 문설주에 못을 한 개씩 박는 것이었습니다.

하지만 아들의 버릇은 쉽사리 고쳐지지 않았습니다. 어느덧 문설주의 못은 소나무 가지의 솔잎처럼 총총히 박혔습니다.

어느 날 아들이 무심코 문설주를 바라보니 못이 셀 수도 없을 만큼 많이 박혀 있었습니다.

'내가 이렇게 많은 잘못을 저질렀나.'

그런 생각을 하니 어린 아들도 느껴지는 바가 있었습니다. 그래서 아버지에게 "어떻게 하면 이 많은 잘못을 용서받을 수 있겠습니까?" 하고 물었습니다. 아버지는 "좋은 일을 한 가지 할 때마다 못을 하나씩 빼주겠다"고 약속하였습니다.

아들은 문설주의 못을 빼기 위해 착한 일을 열심히 했습니다. 그러자 얼마 안 가서 문설주의 못이 다 빠졌습니다. 하지만 못자국은 지워지지 않았습니다. 그 아들은 나중에 훌륭하게 자라 어렸을 때의 일을 종종 회상하곤 합니다.

"지금도 문설주의 못자국을 볼 때마다 부끄러워지면서 '다시는 잘못을 저지르지 말아야지' 하고 결심하게 됩니다."

아버지의 발자국

어떤 사람이 눈 오는 날 아침 집을 나섰습니다. 그런데 인기척이 나서 뒤돌아보니 어린 아들이 뒤뚱거리며 따라오는 것이었습니다.

"애야, 뭐 하고 있는 거니?"

"아무것도 아니에요. 그냥 아버지 발자국을 따라가는 거예요."

아버지는 아들을 집으로 돌려보냈지만 아버지 발자국을 따라 걷고 있다는 어린 아들의 목소리가 자꾸만 귀에 울렸습니다. 그래서 사무실에 도착하자마자 문을 닫고는 조용히 무릎 꿇고 기도했습니다.

"주님, 우리 아이가 제 발자국을 따라오고 있다면, 부디 저를 도우셔서 아들의 삶에 올바른 발자취를 남기게 하옵소서."

눈높이 교육

어느 박물관의 수위가 하루는 이상한 관람객을 보았습니다. 겉은 멀쩡한 신사인데 쪼그려 앉은 채 앉은뱅이 걸음으로 관람하는 것이었습니다. 처음에는 앉은뱅이인 줄 알았지만 돌아갈 때 보니 여느 사람처럼 두 발로 걷는 게 아닙니까.

더욱 궁금해진 수위는 신사에게 다가가 왜 앉은뱅이처럼 관람했는지 물어보았습니다. 그러자 신사는 빙그레 웃으며 "내일이면 알 수 있을 것"이라 대답하고 돌아갔습니다.

바로 다음날, 그 이상한 신사는 초등학교 1학년 학생들을 이끌고 박물관 견학을 왔습니다. 그제서야 수위의 궁금증이 풀렸습니다. 어린이들의 눈높이에 맞춰 전시품을 보려고 했던 것입니다. 만약 교사가 자기 눈높이에서 관찰하고 설명한다면 아이들은 제대로 이해하지 못할 것입니다.

이 선생님이 바로 '눈높이 교육'으로 유명한 피바디 선생님입니다.

휘파람을 불고 싶어요

이번에는 약간 우스운 이야기를 하나 하겠습니다.

유치원에 입학한 다섯 살 난 꼬마가 갑자기 화장실에 가고 싶어서 선생님에게 다급하게 말했습니다.

"선생님, 저 오줌 마려워요. 금방 쌀 것 같아요!"

아이의 말투가 마음에 들지 않은 선생님은 화장실로 보내기 전 훈계를 했습니다.

"용식아, 여자친구들도 많은데 그렇게 말하면 안 되지요?"

"그럼 어떻게 말해요?"

"그럴 땐 '휘파람을 불고 싶어요' 라고 하세요!"

그날 밤, 꼬마는 잠을 자다 오줌이 마려워서 옆에 자고 있던 엄마를 흔들어 깨웠습니다.

"엄마, 나 휘파람 불고 싶어요!"

"뭐, 휘파람? 밤에 웬 휘파람? 그냥 자!"

"아이, 엄마. 꼭 불어야 한단 말이야."

그러자 몹시 졸린 표정으로 엄마가 말했습니다.

"얘가 왜 이래? 정 불고 싶으면 엄마 귀에다 대고 살짝 불어."

아이들은 아무것도 그려지지 않은 백지와 같습니다. 여러분 자녀의 백지는 무엇으로 채워지고 있나요?

아버지의 유언

어느 방송국에서 방영한 황수관 박사의 '신바람 나는 건강법' 가운데 나왔던 내용입니다. 황박사의 부친은 위장에 커다란 덩어리 두 개가 들어 있어서 수술을 해야 하는 상황이었다고 합니다.

황박사는 이렇게 회상했습니다.

"자녀들이 모여 수술을 권했지만 아버지는 당신 몸에 칼을 대지 말라고 하셨습니다. 이에 저는 아버지께 '아버님, 자식들에게 행복이 무언지 아십니까? 그것은 아버님, 어머님이 건강하게 오래 사시는 겁니다. 아버

님 마음에는 수술이 마땅치 않으시더라도 마지막으로 자식의 소원을 들어주시는 뜻에서 한 번만 수술을 받아보십시오' 라고 간곡히 부탁드렸습니다."

드디어 허락을 받아낸 황박사는 수술 날짜를 잡았습니다. 수술실로 들어가는 순간 아버지는 큰아들인 황박사를 부르더니 종이 한 장을 손에 쥐어주셨답니다. 그것은 수술 결과가 어떻게 될지 알 수 없는 상황에서 마지막으로 남긴 유언이었습니다.

종이를 펼쳐보니 단 두 글자, '봉사' 라는 말이 적혀 있었습니다. 순간 황박사의 눈에는 눈물이 핑 돌았다고 합니다. 아버지가 자식들에게 진정으로 원한 것은 남을 섬기는 삶이었던 것입니다. 그뒤로 황박사 집안의 가훈은 '봉사' 가 되었다고 합니다.

다행히 황박사 부친의 수술은 성공적으로 끝났고, 현재 83세의 고령인데도 자녀들 소원대로 건강하게 살고 계신다고 합니다.

자녀를 위한 10계명

- 어른을 존경하고 옳은 말은 순종하자.
- 남에게 친절하고 남을 도와주자.
- 규칙적으로 먹고 자고 공부하고 운동하자.
- 내가 할 수 있는 일은 내 힘으로 하자.
- 누구에게나 예의 바르게 행동하자.
- 남을 방해하거나 폐를 끼치지 말자.
- 남을 조롱하거나 욕하거나 무시하지 말자.
- 거짓말하거나 속이지 말자.
- 남의 물건을 훔치지 말고 허락받고 사용하자.
- 공중도덕을 지키고 자연과 동물을 사랑하자.

여섯 살짜리가 바라는 것

여섯 살짜리 여자아이 사바나는 억만장자 아빠를 두었습니다. 사바나는 자기가 원하는 것은 무엇이든 전화 한 통화로 해결할 수 있었습니다. 사바나 곁에는 늘 가정부와 보모와 가정교사가 대기하고 있었습니다.

겉으로 봐서는 전혀 부족한 것이 없는 아이였습니다.

그러나 아빠는 매일 눈코 뜰 새 없이 바빴고, 엄마 또한 저녁마다 파티에 참석하느라 사바나와 놀아줄 시간이 없었습니다. 때때로 사바나는 부모와 함께 파티에 참석해 귀한 손님들을 만나야 했습니다. 사바나는 좀처럼 웃지 않았으며, 얼굴에는 그 나이 또래의 아이들에게서는 보기 어려운 그늘이 드리워져 있었습니다. 아버지나 어머니가 물어보면 "네, 아버지" "네, 어머니"라며 기계적으로 대답할 뿐이었습니다.

사바나의 유일한 친구는 텔레비전이었는데, 한번은 영화를 본 다음 사고를 치고 말았습니다. 영화는 사바나 또래의 아이들이 부모의 무관심 때문에 집을 뛰쳐나가는 내용이었습니다. 여기에 자극받은 사바나도 부모 몰래 집을 나가게 되었습니다.

사바나가 처음 간 곳은 공원이었습니다. 사바나는 그곳에 세워진 아주 낡은 고물 자동차 뒷자리에 몸을 숨겼습니다. 그런데 그 자동차는 탈옥수 두 명이 훔친 자동차였습니다.

죄수들은 어쩔 수 없이 사바나와 함께 떠돌게 되었습니다. 그들은 별로 하는 일이 없었기 때문에 사바나와 함께 많은 시간을 보냈습니다. 돈이

없어 장난감을 사주지는 못했지만, 간혹 훔쳐다 주곤 했습니다. 그러는 동안 그들 사이에는 신뢰감이 싹트게 되었습니다.

웃음을 모르던 사바나의 얼굴에 웃음꽃이 피어나기 시작했습니다. 사바나는 억만장자인 부모보다 가난하지만 함께 놀아주는 소박한 부모가 필요했던 것입니다.

여러분은 어떤 아빠, 어떤 엄마가 되고 싶습니까?

보크의 출세기

세계적으로 유명한 미국의 잡지 편집인인 에드워드 윌리엄 보크의 이야기입니다. 그는 일찍 부모를 여의고 할아버지 손에서 자라다 홀로 미국으로 건너가게 되었습니다. 할아버지는 이역만리로 떠나는 손자에게 이런 당부의 말을 말했습니다.

"네게 한 가지 부탁하고 싶은 말이 있다. 지금부터 어디를 가든지 네가 있는 곳을 어떻게든 좋게 만들려고 힘쓰거라."

미국으로 건너간 보크는 보스턴시 한 모퉁이에서 신문팔이를 시작했습니다. 할아버지의 말을 실천하기 위해 일터 주변에 흩어져 있는 종이조각이나 담배꽁초를 줍고 수시로 비질을 했습니다. 또 조간이나 석간 신문을 가장 먼저 가져다가 손님들에게 제공함으로써 친절하고 신뢰감 있는 소년으로 알려졌습니다.

그로 인하여 커티스 출판사의 청소부로 취직되고, 나중에는 신임을 얻어 사원이 되었습니다. 그리고 판매부장에서 경리부장으로, 경리부장에서 편집국장으로, 편집국장에서 다시 지배인으로 승진되었습니다. 그는 어디를 가나 할아버지의 말을 잊지 않고 실천에 옮겼습니다. 사장의 사위가 된 다음에는 마침내 이 회사의 사장이 되었습니다.

자기 주변을 아름답게 만드는 것은 주변 사람들뿐 아니라 결국 자기 자신에게도 득이 되는 일입니다.

두 눈을 가린 선생님

어느 고등학교에서 체벌을 가한 선생님을 해직시키라는 소동이 일어났습니다. 학교 쪽은 학생들의 부당한 요구는 들어줄 수 없다고 했습니다. 오히려 주동 학생들을 징계하려고 했습니다.

그러자 혈기 넘치는 몇몇 학생이 몽둥이를 들고 교무실로 몰려갔고, 학생들의 기세에 놀란 선생님들은 얼른 자리를 피했습니다. 학생들은 교무실 집기를 부수며 난동을 부렸습니다.

그런 와중에 학생들을 주춤하게 만드는 목소리가 들려왔습니다.

"너희들, 그만두지 못하겠어! 어디 학생들이 교무실에서 난동을 부리는 게야!"

목소리의 주인공은 평소 학생들이 가장 존경하는 김선생님이었습니다.

하지만 학생들은 이미 너무 흥분한 상태였습니다. 김선생님은 학생들에게 둘러싸여 구타당하기 시작했습니다. 그런데 웬일인지 김선생님은 한사코 두 손으로 눈을 가린 채 맞고 있었습니다.

얼마 뒤 사태가 원만히 수습되고 나서 주동 학생들은 김선생님을 찾아가 사죄의 말씀을 드렸습니다. 김선생님도 따뜻하게 학생들의 사죄를 받아들였습니다.

학생 가운데 한 명이 물었습니다.

"그때 왜 그렇게 한사코 눈을 가리고 계셨습니까?"

그러자 김선생님은 빙그레 웃으며 말했습니다.

"난 너희들을 가르치는 교사로서 아직 소양이 부족하단다. 만약 그때 나를 때린 학생들의 얼굴을 봤다면 그들을 다른 학생들과 똑같이 대할 수 없었을 거야. 그래서 아예 얼굴을 보지 않기로 한 거지."

아버지와 아들의 일기

어느 외교관이 겪은 일입니다.

모처럼 휴일을 맞은 외교관은 그 동안 미뤄두었던 책이나 읽으며 편히 쉬려고 했습니다. 하지만 아내와 아이들의 성화에 못 이겨 마지못해 낚시를 가게 되었습니다.

그날 밤 그의 일기장에는 이렇게 적혀 있었습니다.

"오늘은 아이들과 노느라 소중한 시간을 낭비하고 말았다."

하지만 아들의 일기장은 달랐답니다.

"오늘은 아버지와 함께 낚시를 했다. 내 일생에 가장 기쁘고 행복한 날이었다."

부모는 자녀의 거울

어느 작가의 글에서 발췌한 내용으로, 가정 환경이 어린이의 인격 형성에 얼마나 큰 영향을 미치는지 일깨우는 말입니다.

"우정의 의미를 알고 자란 아이는 사랑하는 법을 배운다. 정직하게 자란 아이는 진실이 어떤 것인지를 배운다. 공평한 정신을 가지고 자란 아이는 정의를 배운다. 두려움 속에서 자란 아이는 불안을 배운다. 비난받으며 자란 아이는 저주하는 것을 배운다."

부모는 자녀의 거울 같은 존재입니다.

실성한 여인의 아이 사랑

제2차 세계대전이 끝날 무렵 이탈리아의 시실리섬에는 산 하나를 사이에 두고 두 고아원이 자리잡고 있었습니다. 하나는 시설도 좋고 음식도 훌륭했습니다. 연합군이 조금씩 도와준 덕택이었습니다. 하지만 다른 곳은 시설이 형편없었습니다. 비바람조차 가리지 못할 정도였고, 아이들 먹일 음식도 넉넉하지 못했습니다.

어느 날 두 고아원에 조사관이 파견됐습니다. 사정을 미리 전해 들은 바 있는 조사관들은 두 고아원을 직접 살펴보고는 그 결과에 깜짝 놀랐습니다. 시설과 음식이 좋은 고아원의 어린이 사망률이 60퍼센트에 이를 만큼 높게 나타났기 때문입니다. 상식적으로 이해가 되지 않았습니다.

조사관들은 그 원인을 캐기 위해 세밀하게 검토하다가 중요한 사실 하나를 발견하게 되었습니다.

시설이 뒤떨어진 고아원에는 전쟁중에 세 아이를 잃고 실성한 40대 여인이 있었습니다. 그 여인은 고아원 아이들을 모두 자기 자식이라고 생각했는지, 매일같이 아이들을 번갈아가며 안아주고 얼러주었습니다. 단 하루도 거르지 않고 아이들을 안아주고 사랑으로 어루만져주었습니다. 더구나 아이들을 편애하는 법 없이 똑같이 사랑해주었습니다.

실성한 한 여인의 손길 덕분에 그 어려운 환경 속에서도 아이들은 건강하게 자랄 수 있었던 것입니다. 그래서 환경보다 더 중요한 것은 사랑이라고 말하고 싶습니다.

두 마리 사슴

당나라 학자 유종원이 지은 《삼계(三戒)》에 나오는 우화 하나를 들려드리겠습니다.

나무꾼 형제가 함께 사냥을 나갔다가 새끼사슴 두 마리를 사로잡았습니다. 형제는 나란히 한 마리씩 안고 집으로 돌아왔습니다. 집 안에 들어서자 개들이 달려들어 어린 사슴들을 못살게 굴었습니다.

형은 개들이 얼씬하지 못하도록 늘 사슴을 자기 곁에 두고 정성껏 보살폈습니다. 마치 어린 자식 키우듯 음식도 따로 주고 편안한 잠자리도 마련해주었습니다. 하지만 동생은 처음부터 사슴이 개들과 싸우며 자라게 내버려두었습니다. 음식이나 잠자리도 개들과 비슷하게 해주었습니다.

그러던 어느 날, 두 형제는 과거를 보러 머나먼 길을 다녀왔습니다. 그동안 새끼사슴들은 어떻게 되었을까요?

형의 사슴은 개들에게 물려 죽었고, 아우의 사슴은 개떼에 섞여 주인을 반갑게 마중나왔습니다.

여러분은 자녀를 강하게 키우시렵니까, 연약하게 키우시렵니까?

엄마의 향기

조선시대 실학 문헌의 하나인 《오주연문장전산고》에는 이렇게 적혀 있습니다.

"젖을 일찍 끊은 아이는 연모의 정이 생기지 않을뿐더러 명철도 부족한 법이다."

이같은 조상들의 지혜를 현대 과학자들은 몇 가지 실험을 통해 확인하고 있습니다.

먼저 산모의 맥박소리를 녹음해서 들려준 신생아와 그렇지 않은 신생아의 체중은 현저하게 차이가 났습니다. 또 갓 태어난 아기의 머리맡에 엄마의 브래지어를 놓아두면 아이는 그 젖냄새를 기억했다가 반드시 브래지어를 놓아둔 쪽으로 고개를 돌리고 잔다는 것이 확인되었습니다. 어떤 보고서는 엄마와 아기의 피부 접촉이 하루 4시간 이상 지속되지 않으면 아이의 정서와 지능 발달에 문제가 생긴다고 말합니다.

영국의 여성 정신의학자 멜라니 클라인은 생후 100일 동안 모유를 먹인 아이와 그렇지 않은 아이의 성장을 조사했습니다.

전자의 경우 사랑·신뢰·감사 등의 감성 수치가 높은 반면 후자는 탐욕·질투·편벽 등의 감성 수치가 높게 나타났습니다. 그래서 유럽의 대표적인 명문가 합스부르크가에서는 아이에게 반드시 모유를 먹이라는 가훈을 만들어놓기도 했답니다.

가장 소중한 보석

로마의 명사 티베리우스 그라쿠스의 아내 코르넬리아는 현부(賢婦)로 널리 알려진 여성입니다. 그가 얼마나 정숙하고 현명한지를 보여주는 일화가 있습니다.

어느 날 로마의 명사 부인들이 그의 집에 모여 한담을 나누게 되었습니다. 이야기는 어느새 자기들이 지닌 값비싼 보석으로 이어졌습니다. 부인들은 저마다 보석을 내보이며 자랑을 늘어놓았습니다. 코르넬리아는 그저 다른 사람의 보석만 바라볼 뿐 아무 말도 하지 않았습니다. 궁금해하던 어느 부인이 코르넬리아를 재촉했습니다.

"부인은 어떤 보석들을 가지고 있나요?"

그는 "글쎄요" 하며 살짝 웃을 뿐 좀처럼 보석을 보여주려 하지 않았습니다. 부인들의 성화가 거세지자 코르넬리아는 하는 수 없이 옆방으로 향했습니다.

그가 과연 어떤 보석을 들고 올지 모두들 숨죽이고 기다렸습니다. 드디어 부인들 앞에 나타난 코르넬리아는 두 아들의 손을 잡고 있었습니다. 부인은 수줍게, 그러나 당당하게 말했습니다.

"여러분, 이 아이들이 제게는 유일한 보석입니다."

그 두 아이가 바로 훗날 로마 공화정시대의 호민관이 된 그라쿠스 형제입니다.

회초리를 맞는 아버지

옛날 우리 조상들에게는 '조상매'라는 풍습이 있었습니다. 자식이 지은 죄의 대가를 아버지가 대신 받는 것인데, 자식을 올바르게 교육시키려는 한 방편이었습니다. 그래서 조상의 무덤 앞에서 자식으로 하여금 아버지의 종아리를 치게 했던 것입니다.

또 마을의 자치 규약인 향약에는 '만좌면책(滿坐面責)'이라는 것이 나옵니다. 그러니까 미성년자가 부녀자를 희롱하거나, 서로 싸워 상처를 주거나, 노름을 하거나 하면 그 아버지를 동네 마당에 세워두고 온갖 창피를 주었습니다. 그 자식으로 하여금 스스로 깨닫게 하려는 것이 주된 목적이었습니다.

자녀 교육에 무관심한 아버지라면 곰곰이 새겨들을 만한 대목입니다.

친자공양의 전통

수십 명의 종을 거느린 어느 부잣집 이야기입니다.

몸종들은 새벽부터 주인 식구들이 먹을 음식을 준비해야 합니다. 어떤 계집종은 십리 밖의 신선한 옹달샘 물을 떠다가 정성껏 밥을 지어야 합니다. 또 상머슴은 그늘에서 말린 참나무만 골라 군불을 지피고, 그 위에 가마솥을 얹어놓아야 합니다. 고기는 송아지의 엉덩이살이어야 하고, 생선은 두 달 동안 소금항아리에 묻어둔 것 가운데 가장 기름진 것으로 준비해야 합니다.

드디어 식사 준비가 끝나면 종들은 온갖 진귀한 음식으로 가득한 상을 네 귀퉁이에서 맞들고 주인의 방으로 향합니다.

그런데 한 가지 이상한 점이 있습니다. 그때까지 꼼짝도 않고 있던 장남이 밥상을 들고 있다는 것입니다. 그것은 바로 아버지의 밥상입니다. 다른 가족의 밥상은 종들이 들지만, 아버지의 밥상은 아들로 하여금 들게 한 것입니다.

이것이 바로 예부터 중국에서 전해 내려오는 친자공양(親子供養)의 전통입니다.

공자는 친자공양을 지키지 않는 집은 아들의 장래를 망치려는 것과 다름없다고 말했습니다. 또 친자공양의 전통이야말로 아버지의 권위를 세워줄 수 있는 비결이라고 강조했습니다.

마을의 수호자

유대교의 어느 위대한 랍비가 어떤 마을에 들르게 되었습니다. 그는 마을 촌장에게 마을을 지키는 사람을 만나고 싶다고 했습니다. 그러자 촌장은 경찰 최고 책임자를 불러왔습니다.

그러자 랍비는 이렇게 말했습니다.

"아닙니다. 저는 이 마을을 지키는 사람을 만나고 싶다고 했습니다."

이번에는 마을의 수비대장을 데려왔습니다. 랍비는 이번에도 고개를 저었습니다.

"아닙니다. 제가 만나고 싶은 사람은 경찰서장이나 수비대장이 아닙니다. 그들은 마을을 파괴할 뿐이지요. 진정 이 마을을 지키는 사람들은 학교 선생님들일 것입니다. 나는 그분들을 만나고자 합니다."

그렇습니다. 교육은 사회와 나라를 지키는 진정한 힘입니다.

다섯 가지 맛

중국의 한 지방에는 이상한 풍습이 있습니다.

아기가 태어나자마자 아이의 혓바닥에 식초 몇 방울을 떨어뜨립니다. 그리고 차례로 다섯 가지 맛을 보게 합니다. 물론 어머니의 젖을 물리기 전에 말입니다.

처음 갓난아기의 입에 식초를 떨어뜨리면 아이는 얼굴을 찡그리며 온몸을 바르르 떱니다. 또 짠 소금을 혓바닥에 떨어뜨려주고, 그 다음에는 '황련(黃蓮)'이라는 쓰디쓴 한약을 맛보게 합니다. 이 정도가 되면 갓난아기라도 몹시 짜증스런 표정을 짓게 마련입니다. 네번째로는 '구등'이라는 등나무 가시를 혀끝에 살짝 대어 따끔한 맛을 보여줍니다. 마지막으로 달디단 설탕을 혀끝에 묻혀줍니다.

이렇게 아기에게 신맛·짠맛·쓴맛·아픔·단맛 등 다섯 가지 맛을 가르쳐주는 것을 '오향(五香) 교육법'이라고 합니다. 인생의 단맛을 보려면 그에 앞서 네 가지 맛을 모두 겪어봐야 한다는 것을 가르쳐주기 위한 중국인들의 지혜입니다.

할머니, 그 녀석 왔어

갓 두 돌이 지난 여자아이가 할머니와 함께 집을 지키고 있었습니다. 점심시간이 되자 할머니는 가까운 식당에 음식을 주문했습니다. 얼마 후 숨을 헐떡이며 달려온 배달원은 음식을 내려놓자마자 바삐 돌아갔습니다.

그런데 어찌나 빨리 달려왔는지 음식이 이리저리 흩어져 있었습니다. 할머니는 한숨을 쉬며 혼잣말로 이렇게 중얼거렸습니다.

"그 녀석, 아무리 바빠도 그렇지 음식을 이렇게 다루면 쓰나."

식사를 마친 할머니는 방을 청소하고, 손녀딸은 마루에서 혼자 놀고 있었습니다. 그때 음식점 배달원이 그릇을 찾아가려고 왔습니다.

그러자 손녀딸이 할머니를 향해 말하는 게 걸작입니다.

"할머니, 그 녀석 왔어."

귀가 어두운 할머니가 알아듣지 못하자 더 크게 외쳤습니다.

"할머니, 그 녀석 왔다니까. 그 녀석이 또 왔다구."

어쩌면 우리 모두는 아이들에 의해 복사되고 있는지도 모릅니다.

창의성을 키워주는 교육

어느 유명한 과학자는 자기가 성공한 것은 어머니의 교육 덕분이라고 했습니다.

그가 네 살 때의 일입니다. 하루는 냉장고에서 우유병을 꺼내다가 그만 떨어뜨리고 말았습니다. 작은 손으로 우유병을 쥐었으니 떨어뜨리는 것은 당연했습니다. 부엌은 온통 우유 천지가 되었습니다. 그는 화가 나 있을 어머니의 얼굴을 쳐다보았습니다.

하지만 어머니는 이렇게 말하는 것이었습니다.

"저런, 우유를 엎질렀구나. 이참에 우유바다에서 마음껏 장난이나 쳐 볼까? 그러고 나서 닦아도 늦지는 않을 것 같구나."

어머니는 그의 얼굴에 우유 한 방울을 찍어주며 싱긋 웃었습니다. 그는 신나게 미끄럼을 타고 놀았습니다.

얼마 뒤에 어머니가 말했습니다.

"다 놀았으면 이제 바닥을 깨끗이 치워야 하지 않겠니? 자, 어떻게 치우면 좋을까…. 걸레로 닦아낼까, 아니면 스펀지를 쓸까?"

두 모자는 걸레로 우유를 말끔히 닦아냈습니다.

그런 다음 어머니가 말했습니다.

"얘야, 너의 그 작은 손으로는 큰 우유병을 제대로 잡을 수가 없단다. 자, 봐라. 엄마는 손이 크기 때문에 이렇게 병을 쥘 수가 있지. 그러면 너는 어떻게 해야 우유병을 제대로 잡을 수 있을까? 한번 방법을 찾아보자

꾸나."

어머니는 우유병에 물을 담아서 몇 번이고 잡아보게 했습니다. 드디어 그는 문득 병의 주둥이를 잡으면 된다는 것을 깨달았다고 합니다.

"그때 저는 실수를 두려워할 필요가 없다는 것을 배웠습니다. 아니, 실수를 해야 더 좋은 결과가 나온다는 것을 알았어요."

아이의 실수를 나무라기보다 좀더 긍정적인 방향으로 이끄는 것이야말로 창의성을 키워주는 교육입니다.

칭찬과 벌

이런 말이 있습니다.

"자살은 최악의 살인이다. 스스로를 죽인 죄를 참회할 수 있는 기회마저 남겨놓지 않기 때문이다."

자살은 흔히 자기 존재의 소중함을 깨닫지 못하기 때문에 나오는 충동적이며 이기적인 행위라고 일컬어집니다. 한 사람이 자기의 존재를 긍정적으로 보고 자존심을 갖는 데는 부모의 가정교육이 큰 몫을 차지합니다.

서울대병원 소아정신과의 조수철 교수는 이렇게 말합니다.

"부모가 아이의 인격을 무시한 채 야단만 치면 자존심이 위축되어 우울증에 걸리기 쉽다. 자기의 존재가 중요하다는 느낌을 갖지 못하는 아이는 다른 사람의 존재도 중요하게 생각하지 않는다."

이를 위해 칭찬과 벌을 조화롭게 적용할 필요가 있습니다. 벌을 줄 때는 부모가 원칙을 정해 지켜야 합니다. 화가 난다고 치미는 감정을 그대로 드러내면 효과가 없으며, 일정한 원칙에 따라 예측할 수 있는 벌을 주어야 합니다. 이때 남편과 아내의 의견이 일치되어야 하겠습니다.

칭찬에 인색하지 말아야 하고, 형제지간에도 비교해서 야단치는 것은 금물입니다. 그렇다고 해달라는 것을 모두 해주면 자존심에 상처를 받는 좌절 경험이 없어 오히려 좋지 않습니다. 지나친 자기도취에 빠지면 갑자기 어려움에 부딪쳤을 때 헤어나기가 쉽지 않다고 합니다.

따라서 자녀의 인격을 존중해주되, 인간사에는 안 되는 일도 있다는 것을 느끼게 할 필요가 있습니다.

각 나라의 태교

토마스 만의 《부텐부르크가의 사람들》에 보면 임신한 독일 여인이 뱃속의 아이를 위해 바로크 음악을 듣는 대목이 나옵니다.

음악을 듣고 자란 태아는 고운 심성과 깊은 믿음을 가질 것이라는 생각 때문입니다.

지금도 서양의 임산부들은 음악 태교를 많이 합니다. 이를테면 하이든이나 모차르트의 음악을 들으면 낙천적인 아이가 되고, 베토벤이나 브람스의 음악을 들으면 신중한 아이가 된다고 믿습니다.

임산부가 지켜야 할 일과 피해야 할 금기는 정도의 차이만 있을 뿐 어느 나라에나 있습니다.

인도네시아에서는 물결 무늬가 나 있는 쿠풀 열매를 먹어서는 안 됩니다. 태아의 심성이 곧지 않고 비뚤어진다고 여기기 때문입니다. 또 임산부의 남편이 살생하면 태아에게 그만한 상처가 난다고 생각합니다.

아랍의 임산부들은 낙타젖을 먹는 관습이 있습니다. 태아의 인내심을 길러주어 뒷날 사막 횡단에 나설 때 도움이 된다고 여겼기 때문입니다. 이웃 일본에서는 임산부로 하여금 개밥을 주게 하는 관습이 있습니다. 이는 개처럼 다산(多産)하라는 염원과 개처럼 충직하라는 뜻을 담고 있다고 합니다.

우리나라는 임신 금기와 태교가 가장 발달한 나라라고 합니다. 옛날 어머니들이 지켜야 했던 '칠태도(七胎道)' 만 보아도 그 엄격함을 알 수 있

습니다.

이처럼 태아 때부터 자녀의 앞날을 기원하는 어머니의 모습은 아름다울 뿐만 아니라 거룩하기까지 합니다.

베짱이가 된 꿀벌

오스트레일리아의 날씨는 일 년 내내 따뜻해 언제나 꽃이 피어 있습니다. 하지만 이상하게도 꽃에 따르게 마련인 꿀벌이 없습니다. 그래서 유럽에서 가장 좋은 꿀벌을 들여온 적이 있었습니다.

벌들은 신이 나서 초원을 누비며 꿀을 따 모았습니다. 하지만 벌의 노동은 채 1년이 못 되어 중단되고 말았습니다. 배가 부를 대로 부른 벌들이 더 이상 꽃을 찾지 않았기 때문입니다.

그럴 수밖에 없을 것입니다. 꽃이 어느 한 시기에만 핀다면 피지 않을 때에 대비해 꿀을 모아둘 것입니다. 그러나 일 년 내내 꽃이 피어 있다면 군이 힘들여 꿀을 모을 필요가 없기 때문입니다. 그래서 오스트레일리아의 꿀벌은 게을러져서 꿀을 모으지 않게 된 것입니다.

물질적으로 너무나 풍족한 시대에 사는 요즘 아이들이 바로 오스트레일리아의 꿀벌처럼 느껴집니다.

어려웠던 시절의 배고픔을 아는 사람만이 노동의 소중함을 깨닫습니다. 자라나는 자녀들에게 노동의 소중함과 그 대가가 지닌 의미를 일깨워 주어야 할 때입니다.

엄마 편의주의

어린 딸이 엄마에게 물었습니다.

"엄마, 놀이터에 가서 놀아도 돼?"

그러자 엄마가 대답했습니다.

"나가면 옷 버린다. 집에서 놀아."

딸이 다시 물었습니다.

"그럼 소꿉놀이 해도 돼?"

"안 돼. 집안을 온통 어질러놓으려고 그러니?"

딸이 입을 실룩이며 말합니다.

"그럼 아이스크림은?"

"감기 들려고 그래?"

드디어 어린 딸은 울음을 터뜨리고 말았습니다.

그러자 엄마는 짜증스러운 얼굴로 말했습니다.

"넌 누굴 닮아서 그렇게 징징거리니?"

아이들을 마음껏 놀게 하세요. 엄마 편리한 대로만 하면 아이를 자라게 하는 것이 아니라 멈추게 만듭니다.

눈높이 크리스마스

거리는 온통 흥겨운 캐롤과 휘황찬란한 불빛으로 물들어 있었습니다. 사람들은 기쁨에 들떠 크리스마스 이브를 즐기고 있었습니다. 눈은 내리지 않았지만 이만하면 밤거리는 충분히 황홀했습니다. 어머니는 무척 재미있었고, 손을 맞잡은 아들도 신나리라 믿었습니다.

얼마나 다녔을까? 갑자기 어머니 손에 이끌려 다니던 아들이 엉엉 소리내어 울기 시작하였습니다. 물어도 대답은 없고 그저 울기만 했습니다. 문득 아들의 신발끈이 풀려 있는 것을 발견한 어머니는 재빨리 쭈그리고 앉아 신발끈을 꼭 매주었습니다.

그러다가 무심코 고개를 든 순간 어머니는 깜짝 놀라고 말았습니다. 아들의 눈높이에서 바라본 경치에는 휘황찬란한 불빛도 없었고, 흥겨움도 없었습니다. 그저 어른들의 펑퍼짐한 엉덩이와 바쁘게 움직이는 종아리 뿐이었습니다. 그랬습니다. 다섯 살짜리 아이의 눈높이에서 본 세상은 분명히 그랬습니다.

충격을 받은 어머니는 집으로 돌아오면서 다시는 자기 기준에 의한 즐거움을 아들에게 강요하지 않겠다고 다짐했습니다.

어미 캥거루의 실수

먹이를 구하러 나간 아빠 캥거루가 사냥꾼에게 잡혀갔습니다. 엄마 캥거루는 그것도 모르고 남편이 가족을 버렸다고 생각했습니다. 엄마 캥거루는 배신감에 눈물 흘리면서 새끼 캥거루에게 다짐했습니다.

"아무 걱정하지 말거라. 이제 이 엄마가 아빠 노릇까지 해줄 테니까…."

어미 캥거루는 정성을 다해 새끼를 보살폈습니다. 언제나 새끼를 주머니에 넣고 다니며 애지중지 길렀습니다.

어느덧 새끼가 자라 장가를 보낼 때가 되었습니다. 어른이 된 것입니다. 그런데도 엄마 캥거루는 다 큰 새끼를 주머니에 넣고 다니면서 일일이 먹을 것을 챙겨주었습니다.

그러던 어느 날 엄마 캥거루는 그만 병에 걸려 눕고 말았습니다. 어미가 죽자 다 큰 새끼 캥거루도 며칠 못 가서 굶어 죽고 말았습니다. 주는 것만 받아먹다 보니 먹을 것을 어떻게 구하는지 몰랐기 때문입니다.

아이와 꽃

한 남자가 오랜만에 한가한 휴일을 맞아 화단을 정리하기로 했습니다. 나뭇가지도 잘라주고 꽃도 새로 심었습니다. 하루 온종일 정리한 덕분에 화단은 흡족할 만큼 아름다워졌습니다. 그는 흐뭇한 마음으로 바라보다가 옷을 털고 집 안으로 들어갔습니다.

그런데 야구공을 가지고 놀던 아들이 잘못해서 화단으로 뛰어들고 말았습니다. 새로 심은 꽃들이 아들의 발길에 무참히 꺾였습니다. 우연히 창문으로 그 모습을 본 남자는 자리에서 벌떡 일어났습니다.

'하루 종일 어떻게 가꾼 화단인데….'

그때 옆에 서 있던 아내가 살며시 그의 어깨를 잡으며 말했습니다.

"여보, 우리는 꽃을 키우는 게 아니에요."

쓰러진 꽃보다 우리 아이들이 더 소중합니다.

유대인의 자녀 교육

유대인의 탁월한 자녀 교육법은 전세계인의 부러움을 사고 있습니다. 그들이 가장 먼저 가르치는 것은 스스로 생각하도록 하는 습관입니다. 유대인은 이러한 교육법을 '헤브루식 교육법' 이라고 일컫습니다.

이 방법에 따르면 부모들은 아이들에게 결코 답을 말해주지 않습니다. 아이들 스스로 생각하고 자유롭게 토론하다가 스스로 결론에 이르도록 도와줄 뿐입니다. 이때 "왜 그렇게 생각하니?" "그게 맞을까? 틀릴까?" "너 같으면 어떻게 하겠니?" 같은 말을 주로 합니다. 우리나라처럼 "무엇무엇 해라" "무엇무엇은 안 된다"는 등의 말은 거의 없습니다.

학교에서도 마찬가지입니다. 유대인 선생님들은 답을 말해주지 않습니다. 아이들끼리 서로 자기 의견을 발표하고 거기서 나름대로 결론을 만들어냅니다. 오죽하면 "유대인 두 명이 모이면 세 가지 의견이 나온다"는 말까지 나왔을까요.

자녀들이 커서도 마찬가지입니다. 하지만 자녀들 스스로 생각하도록 하되, 그에 대한 책임을 스스로 지도록 가르칩니다. 물고기를 잡아주는 것이 아니라 물고기 잡는 방법을 알려주는 것입니다.

인간은 습관의 동물

습관이라는 것은 참으로 무섭습니다. 벼룩은 체구는 작지만 고무공 같은 탄력으로 엄청난 높이까지 뛰어오를 수 있는 점프력을 갖고 있습니다. 아무 방해도 받지 않으면 방의 천장까지 뛰어오를 수 있습니다. 자기 몸집의 몇천 배가 넘는 높이를 말입니다.

하지만 벼룩을 병 안에 넣고 뚜껑을 닫아두면 상황이 달라집니다. 벼룩은 병뚜껑까지밖에 뛰어오르지 못합니다. 그렇게 몇 시간 두면 아주 흥미로운 일이 벌어집니다. 벼룩을 병 밖에 꺼내놓아도 정확하게 병뚜껑 정도의 높이까지밖에 뛰어오르지 못하는 것입니다.

습관은 그 정도로 중요합니다. 사람도 습관의 동물입니다. 자기 몸에 익숙한 대로 생각하고 행동합니다. 또 자기에게 익숙한 대로 사물을 파악하고 일을 합니다. 이것이 바로 습관입니다. 따라서 좋은 습관은 한 사람의 미래를 결정하는 데서 아주 중요합니다.

선인들은 이렇게 가르치고 있습니다.

"자식을 잠깐 키우려면 지식을 가르치고, 큰 인물로 키우려면 좋은 습관을 가르치라."

또 성경 말씀에서는 "마땅히 행할 길을 가르치라. 그리하면 늙어도 그것을 떠나지 않을 것이라"고 했습니다.

여러분 가정에서는 자녀들에게 어떤 습관을 가르쳐주고 있습니까?

다윗의 교훈

부모가 자녀에게 물려줄 수 있는 가장 큰 유산은 무엇일까요? 영국 속담에서는 '유머 감각'이라고 했고, 《탈무드》에서는 '긍정적인 세계관'을 꼽았습니다.

긍정적인 세계관을 지닌 사람은 어떠한 역경도 딛고 일어서지만, 부정적인 세계관에 빠진 사람은 아무리 좋은 환경 속에서도 스스로 무너지기 쉽습니다.

소년 다윗의 이야기를 생각해보십시오. 다윗과 골리앗의 결투를 두고, 보통 사람들은 저렇게 덩치 큰 거인과 싸워 어떻게 이기느냐고 걱정하기 쉽습니다. 그것이 부정적인 세계관을 가진 사람들의 생각입니다. 통계에 따르면 현대인의 90퍼센트쯤이 이러한 부정적인 세계관에 빠져 있다고 합니다.

하지만 다윗은 다르게 생각했습니다. 다윗에게는 어려운 환경에서도 희망을 볼 수 있는 특별한 눈이 있었습니다. 즉 저렇게 덩치가 크니까 아무렇게나 던져도 웬만하면 다 맞겠다고 생각한 것입니다.

이것이 바로 긍정적인 세계관입니다. 긍정적인 세계관 덕분에 소년 다윗은 하나님께 쓰임받을 수 있었던 것입니다.

~구나 대화법

자녀들과 대화를 잘하려면 무엇보다 자녀의 말을 잘 들어주어야 합니다. 그 가운데 '~구나 대화법'이라는 것을 소개합니다. 상담학에서는 '반영적 경청법'이라는 전문 용어를 쓰고 있습니다.

'~구나 대화법'이란 자녀들과 대화하는 도중 "~했겠구나"라는 말로 맞장구쳐주는 것을 말합니다. 자녀의 마음속에 들어 있는 부정적인 감정, 즉 속상함·미안함·부끄러움·두려움·외로움 등을 있는 그대로 들어주는 것입니다.

방법은 아주 간단합니다. 예를 들어 "속상했겠구나" "창피했겠구나" "답답했겠구나" "힘들었겠구나" "짜증났겠구나" "얄미웠겠구나" "억울했겠구나" 등의 말을 해주면 됩니다.

이같은 대화법을 쓰려면 자녀들의 말이 아니라 그 마음을 들어야 합니다. 마치 옛말에 "말끝을 좇는 멍멍개가 되지 말고 마음을 덮치는 사자가 되라"고 한 것과 같은 이치입니다.

자녀의 마음을 읽으면 부모와 자녀 사이에 진정한 대화가 가능해집니다. 대화의 문이 열리고 나면 부모와 자녀 관계는 당연히 친밀해집니다.

나 전달법

　자녀들과의 지혜로운 대화법 가운데 '나 전달법'이라는 것이 있습니다. '나 전달법'은 '너'가 아니라 '나'를 강조합니다. 상대방에 대한 믿음과 신뢰를 바탕으로 상대방에게 도와달라고 간청하는 태도에 가깝습니다. 같은 말이라도 '너 전달법'보다 훨씬 친근하고 편안한 분위기를 자아냅니다.

　그래서 상대의 감정을 내 쪽으로 이끄는 것입니다. 반대로 '너 전달법'은 '너'를 강조하기 때문에 비난하거나 힐책하는 느낌을 줍니다.

　예를 들어 아이가 아무 연락도 없이 늦게 들어왔습니다. '너 전달법'을

쓰는 부모들은 대개 이렇게 말하기 쉽습니다. "도대체 너 어디 있다가 이제 와?" "지금이 몇 시니? 네가 정신이 있는 애니 없는 애니?" "넌 손도 없냐? 전화는 왜 못해?" "내가 너 때문에 못산다 못살아."

이런 것이 바로 '너 전달법'으로 표현된 말인데, 주로 짜증내고 야단치는 말들이 되지요?

하지만 '나 전달법'은 대화를 풀어가는 방법이 다릅니다. "어디에 있었니. 엄마가 얼마나 걱정했다구" "전화라도 했으면 엄마가 덜 걱정했을 텐데" 대개 이런 식으로 진행됩니다.

한 걸음 더 나아가 '나 전달법'은 두 가지 요소로 구성되는 것이 좋습니다. 먼저 잘못된 행동을 꾸짖지 말고 있는 그대로 서술하고 나서 그 다음에 그 행동이 내게 미친 영향을 말해줍니다. 즉 "늦었구나. 엄마가 많이 걱정했단다"로 구성하면 됩니다. 이것이 자녀들과 지혜롭게 대화하는 방법입니다.

대화는 상호 존중에서 비롯됩니다. 여러분이 자녀를 존중해주면 자녀도 여러분을 존경할 것입니다.

몸으로 가르치는 교육

영화 〈아름다운 비행〉에는 기러기 새끼들이 자기들을 부화시킨 소녀를 어미로 착각하고 그뒤를 따라다니는 장면이 나옵니다. 알에서 태어나면서 처음 보는 것을 어미로 기억하는 습성이 있기 때문입니다. 이것을 전문 용어로는 '각인(imprinting)'이라고 합니다. 오리를 대상으로 실험해 보아도 결과는 마찬가지입니다.

재미있는 것은 이러한 각인 효과가 자녀 교육에서도 그대로 나타난다는 점입니다. 이스라엘 왕조를 예로 들어보겠습니다.

이스라엘은 왕국이 분열된 이후 북이스라엘과 남유다왕국으로 나뉘었습니다. 그뒤 아버지의 왕위를 물려받아 왕이 된 경우는 북이스라엘 10명, 남유다왕국 14명이었습니다. 그 중 북이스라엘의 경우, 아버지가 폭군이면 아들까지 폭군이 되는 확률이 100퍼센트였습니다. 남유다왕국도 마찬가지여서 아버지를 닮는 확률이 64.3퍼센트로 나타났습니다.

어쩌다 이런 결과가 나왔을까요? 분명 이스라엘의 왕가에서도 자녀들에게 특별교육을 시켰을 것입니다. 하지만 결과적으로 교사의 말보다 자기들이 어려서부터 보고 자란 아버지의 모습에 더 큰 영향을 받았습니다.

이것이 바로 각인 효과입니다. 따라서 자녀 교육에서 가장 중요한 요소는 강제성이나 채찍질이 아니라, 부모가 살아가는 모습 그 자체입니다.

우리 선조들은 이러한 사실을 일찌감치 깨닫고 있었습니다.

옛말에 "몸으로 가르치니 따라오고, 입으로 가르치니 반항하더라"는

구절이 나옵니다. 바로 각인 효과의 다른 표현이라고 하겠습니다.

그래서 몸으로 하는 교육, 행동으로 보여주는 교육, 몸소 실천하는 교육을 강조하는 것입니다. 그런 교육은 자녀에게 100퍼센트 변화를 가져옵니다.

이것이 가정의 질서이고, 올바른 가정의 모습입니다. 자녀 교육에서 성공하려면 말이 아니라 몸으로 가르쳐야 합니다.

맘마와 지지

어린아이가 세상에 태어나서 가장 먼저 배우는 말은 '맘마' 와 '지지' 입니다. 그러니까 '맘마' 와 '지지' 는 최초의 학습이자 최고의 의사 소통 수단입니다. 이 두 가지 언어를 어떻게 익히는가에 따라 아이의 가치관이 다르게 형성될 수 있습니다.

이 두 가지는 적어도 아이들 세계에서는 선과 악의 대표주자입니다. '맘마' 속에서는 한없는 애정과 사랑을 배웁니다. 반면 '지지' 속에서는 도덕과 규범을 배우게 됩니다.

하나는 사랑이고 하나는 통제입니다. 그래서 '지지' 없이 자란 아이는 버릇 없는 아이가 되고, '맘마' 없이 자란 아이는 심리적 고아가 됩니다. '맘마' 없는 '지지' 는 형벌이자 고통입니다. 반면 '지지' 없는 '맘마' 는 마마 보이만 양산할 뿐입니다. 따라서 이 두 요소는 자녀 교육의 가장 소중한 가치로서 늘 적절한 균형을 유지해야 합니다.

'맘마' 와 '지지' 에다 마지막으로 칭찬을 더하면 육아의 3요소가 됩니다. 칭찬은 아이들이 스스로에게 자신감을 갖게 해줍니다. 자신감은 다른 사람과의 대인관계를 원만하게 해주고, 모든 일에 너그럽게 대응할 수 있는 유연성을 키워줍니다.

칭찬은 다른 사람이나 사물을 대할 때 긍정적인 시각을 갖게 해줍니다. 칭찬을 많이 받고 자란 아이는 매사에 적극적이고 쉽게 포기하지 않는 끈기를 갖게 마련입니다.

자녀 교육법 5가지

자녀 교육 전문가인 데이브 시먼즈 박사가 추천하는 자녀 교육법 다섯 가지입니다.

첫째, 자녀들만이 이해할 수 있는 언어로 사랑을 고백해주십시오.

둘째, 자녀를 행동의 결과가 아닌 있는 그대로의 모습으로 인정해주십시오.

셋째, 자녀와 함께 많은 시간을 보내십시오.

넷째, 자녀에 대한 사랑을 행동으로 보여주십시오.

다섯째, 자녀의 학습에 능동적으로 참여하십시오.

나치 강제수용소의 희망

《죽음의 수용소》라는 책을 쓴 빅터 프랑클 박사는 제2차 세계대전 때 나치의 강제수용소로 끌려간 적이 있었습니다. 숱한 유대인이 가스실로 끌려가거나 생체실험용으로 해부되고 있었습니다. 그는 죽음의 그림자가 길게 드리워진 수용소에서 어떻게 하면 희망을 잃지 않고 살아갈 수 있나 고민해보았습니다.

프랑클 박사는 새로운 제안을 하나 내놓았습니다. 수용소에서 풀려나면 무엇을 할 것인지 한 사람씩 돌아가면서 각자 발표하자는 것이었습니다. 처음에는 무슨 쓸데없는 짓이냐며 부정적인 반응을 보이는 사람들이

많았습니다. 하지만 얼마 지나지 않아 수감자들의 자세가 달라지는 것이 눈에 보이기 시작했습니다. 미래를 구체적으로 생각하게 되면서 잃어버린 희망을 되찾게 된 것입니다.

어떤 사람은 헤어진 가족들을 찾아나서겠다고 말했고, 어떤 사람은 고향에 돌아가 어머니가 해주시던 음식을 단 한 번만이라도 먹고 싶다고 했습니다. 이런 이야기를 주고받을 때마다 수감자들은 함께 웃기도 하고 울기도 하면서 자기 인생을 정리할 수 있었습니다. 덕분에 그 수용소의 생존율은 다른 곳보다 훨씬 높게 나타났습니다.

전혀 희망이 없어 보이는 수용소 안에서도 미래를 꿈꾸었던 빅터 프랑클 박사.

바로 그런 사람이 긍정적인 세계관의 주인공이라 할 수 있습니다.

우리 자녀들에게 꿈과 희망을 심어주어야 할 이유는 바로 여기에 있습니다.

《굿 뉴스 트리뷴》에서 배우는 교훈

얼마 전 미국 애리조나주에 전혀 색다른 스타일의 신문이 첫선을 보였습니다. 《굿 뉴스 트리뷴(Good News Tribune)》이라는 이 신문은 제목 그대로 좋은 소식만 전하는 이색적인 신문입니다.

미국 남부 지역에서 호화 유람선에 불이 났을 때 다른 신문들은 '호화 유람선 화재'라는 제목을 붙인 반면 《굿 뉴스 트리뷴》은 '승객 전원 안전'이라는 제목을 붙였습니다.

이처럼 인생에서 일어나는 여러 가지 사건도 그것을 어떻게 바라보느냐에 따라 여러 가지로 의미가 달라지게 마련입니다. 위기라는 말은 위험할 위(危)와 기회를 뜻하는 기(機)라는 글자가 합쳐진 것입니다. 즉 위험한 것 같으면서도 동시에 또 다른 기회가 될 수 있다는 동양인의 철학이 담겨 있습니다.

이것이 바로 긍정적인 세계관입니다. 지금까지 인류의 역사는 이같은 세계관을 가진 사람들이 발전시켜왔습니다. 자녀들에게 이러한 세계관을 심어주는 일이야말로 부모의 참된 도리라 할 수 있습니다.

맨발의 아베베

60년대 세계마라톤대회를 석권하여 '인간 기관차'라고 불리던 아베베를 아실 겁니다. 그가 휠체어 마라톤 대회에도 우승하여 화제가 된 적이 있었습니다.

한때 그는 교통사고로 두 다리를 잃어 휠체어가 아니면 한 발자국도 움직일 수 없게 되었습니다. 하지만 아베베는 인생을 포기하지 않고 각고의 노력 끝에 휠체어 경주에 도전해 우승할 수 있었습니다.

그는 아내에게 평소 이런 말을 자주 했다고 합니다.

"우리 인생은 이제 1막이 끝나고 2막이 올랐다. 2막을 잘 마무리하여 관객에게 무엇인가를 보여주자."

그리하여 아베베는 마라톤뿐만 아니라 인생의 참된 우승자가 될 수 있었습니다.

삶의 지혜

온 생명을 인도하는 밝은 등불

신념의 승리

유명한 《동물기》를 쓴 작가 시튼의 이야기입니다.

시튼은 19세 때 캐나다 몬테리오 미술학교를 졸업한 뒤 런던 유학길에 올랐습니다. 시튼은 박물학자가 되고 싶었기 때문에 미술 공부보다는 박물학 관련 책을 구하는 데 더 힘썼습니다.

하루는 대영박물관에 귀중한 박물학 관계 서적이 많다는 말을 듣고 곧장 뛰어가 열람권을 신청했습니다. 하지만 박물관 직원은 21세 이상만 입장할 수 있다고 했습니다. 시튼이 계속 항의하자 직원은 사서관장을 만나보라고 했습니다. 하지만 사서관장 또한 규칙을 내세워 거절했습니다.

사서관장의 말을 조용히 듣고 있던 시튼이 별안간 외쳤습니다.

“여기서 제일가는 권력자의 허락이 있으면 되겠습니까?”

“재미있는 말을 하는군. 좋아, 평의원의 지시가 내려오면 그대로 하겠네.”

“평의원은 누구입니까?”

“황태자, 대승정 그리고 총리대신 이렇게 세 분일세. 하지만 이분들이 자네 부탁을 들어줄 것 같은가?”

시튼은 하숙집으로 돌아와 평의원들에게 편지를 띄웠습니다. 며칠 뒤 그들에게서 답장이 왔는데, 뜻밖에도 모두 도와주겠다는 것이었습니다.

그리하여 시튼은 대영박물관을 자유롭게 드나들며 박물학 연구에 매진할 수 있었습니다. 열심히 연구한 결과 그 유명한 《동물기》를 집필할 수 있었던 것입니다.

사자의 속임수

아주 친한 네 마리의 황소가 있었습니다. 언제나 그들은 함께 풀을 뜯고, 함께 움직이며, 함께 잠을 잤습니다. 늘 함께 지냈기 때문에 어떤 위험이 닥쳐도 힘을 모아 대처할 수 있었습니다.

이때 네 마리의 소를 잡아먹으려는 사자가 있었습니다. 하지만 사자가 아무리 오랫동안 지켜보아도 네 마리의 소는 떨어지지 않았습니다. 제아무리 사자라지만, 소 네 마리와 동시에 싸우는 일은 자신이 없었습니다.

곰곰이 생각하던 사자는 꾀를 부렸습니다. 소들이 풀을 뜯고 있을 때 그 중 약간 뒤처진 황소에게 다가가 소곤거렸습니다.

"야, 이 바보야, 지금 쟤들이 너를 흉보고 있어."

사자는 다른 소에게도 똑같이 말했습니다.

마침내 네 친구는 서로를 불신하게 되었습니다. 친구 사이의 우정은 깨지고 드디어는 각자 뿔뿔이 흩어졌습니다. 이것이 사자가 노리던 바였습니다. 소들이 흩어지자 사자는 회심의 미소를 지으며 계획했던 대로 소들을 한 마리씩 잡아먹기 시작했습니다.

진정한 용서

한 농부가 밤늦도록 논에 물을 대놓았습니다. 다음날 아침 나가 보니 웬일인지 물이 모두 빠져나가고 없었습니다. 밤새 힘들여 끌어올린 물을 누군가 빼간 것입니다. 무척 화가 났지만 성경 말씀을 떠올리면서 참기로 했습니다.

다음날 다시 물을 끌어올렸습니다. 그런데 그 다음날 또 같은 일이 벌어졌습니다. 그래도 '일흔 번씩 일곱 번 용서하라' 는 가르침을 따라 용서하기로 했습니다. 같은 일이 몇 번이고 계속 되풀이되었습니다.

농부는 자기에게 해를 끼친 그 누군가를 용서해주었는데도 전혀 마음에 평화가 깃들지 않았습니다.

농부는 목사를 찾아가 물었습니다.

"저는 보복을 한 적도 없고 모두 용서해주었는데, 왜 마음의 기쁨이 없을까요?"

목사는 웃으며 이렇게 말했습니다.

"당신이 직접 그의 논에 물을 대주기 전에는 결코 평화가 오지 않습니다."

운수 좋은 날

우리 주변의 가난한 이웃 이야기입니다.

한 아주머니가 길을 걷고 있었습니다. 그때 어떤 사람이 무언가 긁고 있는 모습을 보았습니다. 그 무렵 처음 나와 선풍적인 인기를 끌고 있던 즉석복권이었습니다. 그냥 지나치려다 호기심에 복권 한 장을 사서 긁어 보았습니다. 복권 윗부분을 조금 긁었더니 '당첨금 10만 원'이라는 글자가 선명하게 나타났습니다.

이게 꿈인가 생시인가 눈앞이 아찔했습니다. 얼른 가판대로 달려가 10만 원짜리가 당첨되었다고 하자, 빨리 은행에 가서 돈으로 바꾸라고 했습니다.

아주머니는 은행으로 가다가 또 다른 가판대와 마주쳤습니다. '오늘은 재수가 터진 날이 아닐까?' 하는 생각에 얼른 복권 한 장을 사들고 은행 화장실로 달려갔습니다. 떨리는 마음으로 긁어보았더니 이게 웬일입니까. '당첨금 500만 원.' 심장이 멎을 것 같았습니다.

아주머니는 마음을 진정시키고 은행 창구로 갔습니다.

"저, 500만 원짜리하고 10만 원짜리 복권이 당첨됐는데요."

은행 직원이 복권을 보자고 했습니다. 아주머니는 떨리는 손으로 복권 두 장을 건네주면서 '500만 원'을 떠올렸습니다. 그 순간 은행 직원이 큰 소리로 웃었습니다.

"아주머니, 이건 당첨된 게 아니에요. 밑에 있는 것도 긁어야지요. 똑같은 금액이 세 번 나와야 한다구요."

아주머니는 갑자기 눈앞이 노래지고 얼굴이 화끈거려 어떻게 은행을 빠져나왔는지 기억이 없다고 합니다.

요행을 바라는 것은 당신의 성실함을 잃어버리는 지름길입니다.

마음이 가난한 자

두 사나이가 랍비를 찾아갔습니다. 한 사람은 그 고을에서 제일가는 갑부였고, 또 한 사람은 가난한 사나이였습니다. 두 사람은 대기실에서 함께 기다리게 되었습니다.

앞서 들어갔던 사람이 나오자 조금 일찍 도착한 갑부가 먼저 랍비의 방으로 안내되었습니다. 갑부는 한 시간쯤 지나서 방에서 나왔습니다.

드디어 가난한 사나이가 랍비의 방으로 들어갔습니다. 그러나 만남은 단 5분 만에 끝났습니다. 사나이는 항의했습니다.

"랍비님! 갑부에게는 한 시간이나 할애해주셨잖습니까. 왜 저에게는 5분밖에 안 주십니까. 가난하다고 차별하시는 겁니까?"

랍비는 바로 대답했습니다.

"나의 아들이여, 당신은 당신이 가난하다는 것을 금세 알아차렸소. 그런데 그 갑부는 자기 마음이 가난하다는 것을 깨닫지 못했소. 그것을 깨우쳐주느라 한 시간이나 걸린 게요."

벌거벗은 백작 부인

영국의 봉건 영주인 한 백작이 코번트리 지방에 무거운 세금을 부과하려고 했습니다. 신앙이 깊고 인정 많은 백작의 부인은 이를 간곡히 말렸습니다.

백작은 아내의 만류에 반농담으로 말했습니다.

"당신이 벌거벗은 채 말을 타고 다닌다면 세금을 면제하겠소."

백작의 말에 부인은 뜻밖의 대답을 했습니다.

"당신이 약속을 지킨다면 그렇게 하겠어요."

부인은 먼저 사람들에게 사정을 얘기하고 도와달라고 호소했습니다. 그리고 남편 말대로 벌거벗은 채 말을 타고 거리를 돌아다녔습니다. 사람들은 부인의 숭고한 희생정신에 감동하여 아무도 벌거벗은 부인을 보지 않았습니다.

그런데 톰이라는 짓궂은 사나이가 부인의 벌거벗은 모습을 보려고 창문 틈으로 고개를 내밀었습니다. 그 순간 톰은 두 눈이 멀고 말았습니다.

돈보다 귀한 것

이른 아침 안개가 자욱한 호숫가 마을을 찾아가는 남자의 마음은 답답하고 무거웠습니다.

'구할 수 있을까? 그 귀한 걸 돈 한푼 없이….'

그의 아버지는 위암으로 사경을 헤매고 있었습니다. 아버지의 병을 고치기 위해 꼬박꼬박 부어오던 적금도 헐고, 차도 집도 모두 팔았습니다. 하지만 아버지의 병은 점점 더 악화될 뿐이었습니다.

그런데 며칠 전 상황버섯을 캔 사람에 관한 신문 기사를 보았습니다. 그래서 무작정 이렇게 찾아나선 길입니다.

상황버섯을 캔 사람을 찾아간 그는 덥석 절부터 올렸습니다. 그러고는 절박한 심정으로 말했습니다.

"어르신, 저희 아버님 좀 살려주십시오. 지금 위암으로 누워 계신데, 상황버섯이 좋다는 말을 들었습니다. 하지만 저는 지금 돈 한푼 없습니다. 더 이상 팔 물건도 없습니다. 이 은혜는 꼭 갚겠습니다."

말을 마친 그는 온몸을 부들부들 떨고 있었습니다. 한동안 그 모습을 물끄러미 쳐다보던 상황버섯의 주인은 혀를 끌끌 차더니 아들에게 말했습니다.

"남은 거 죄다 꺼내오너라."

말로만 듣던 상황버섯이 그 사나이 앞에 놓였습니다. 그는 감격한 나머지 주섬주섬 상황버섯을 챙겨들고는 인사도 하는 둥 마는 둥 돌아섰

습니다.

　그런 그의 등뒤로 상황버섯 주인의 목소리가 들려왔습니다.

　"저런 사람 빈손으로 보내면 평생 가슴에 비수 꽂고 산다."

어떤 유언

어떤 남자가 임종의 순간 아내에게 유언을 하기 시작했습니다.

"여보, 당신과 함께 한 세월은 행복했어요. 내가 떠나도 잘살기를 바라오."

그러자 아내가 남편에게 물었습니다.

"여보, 그래서 말인데, 혹시 누구에게 돈 꿔준 일 없나요?"

"있지, 뚱보 이씨한테 일억, 앞집 달수 엄마한테 삼천만…."

"어머, 어쩜 마지막 순간까지 이렇게 기억이 생생하실까."

그러다가 남편은 마지막으로 생각이 나는 듯 말했습니다.

"아 참, 박갑수에게는 삼억을 꾸었소."

그러자 그의 부인이 말했습니다.

"어휴, 이이가 이젠 의식이 없어 헛소리까지 하네."

이웃에게 받을 것보다는 줄 것을 기억해야 합니다.

장애인의 교훈

어떤 남자가 불의의 사고로 한쪽 다리를 잃었습니다. 자기에게 갑자기 닥쳐온 현실을 비관한 나머지 자살하려고 바닷가로 나갔습니다. 그런데 조금 떨어진 곳에서 춤추고 있는 사람을 발견했습니다. 자세히 보니 그 사람은 두 팔이 없었습니다.

남자는 일단 자살을 미루고 저 이상한 사람에 관해 알아보기로 했습니다. 가까이 다가간 남자는 호기심 어린 말투로 물었습니다.

"보아하니 당신도 나와 똑같은 장애인인데, 뭐가 그리 좋아 춤을 추고 있소?"

그러자 그 사람은 버럭 화를 내면서 말했습니다.

"내가 춤추는 걸로 보이시오? 난 지금 등이 간지러워서 이러는 거라오! 내 등이나 좀 긁어주시구려."

세상에 자기 혼자만 불행한 것이 아닙니다. 자기보다 더 불행한 사람이 있음을 아는 것은 자기를 겸허하게 낮추는 것과 같습니다.

수녀와 권총

어느 수도원의 한 수녀가 어느 날 갑자기 바깥 세상이 너무 그리워졌습니다. 수녀는 고민하다가 원장 수녀를 찾아가 고백했습니다. 원장 수녀는 정신상태가 풀어졌다고 나무라며 권총과 공포탄을 주었습니다.

"세상 일이 생각날 때마다 하늘에 대고 한 발씩 쏘세요."

그날부터 수녀는 세상 일이 생각날 때마다 공포탄을 한 발씩 쏘면서 정신을 가다듬었습니다. 그렇게 하기를 한 달….

마침내 공포탄이 떨어졌습니다. 며칠을 참아보았지만 권총을 쏘지 않고는 도저히 견딜 수 없었습니다. 그래서 다시 원장 수녀를 찾아갔지만 사무실은 비어 있었습니다. 수녀원 안팎을 샅샅이 뒤진 끝에 수녀는 뒤뜰에서 그토록 애타게 찾던 원장 수녀를 발견했습니다.

그런데 원장 수녀를 본 수녀는 그 자리에서 까무러치고 말았습니다. 원장 수녀는 하늘에다 대고 연신 기관총을 쏘고 있었던 것입니다.

세상에서 벗어나려 하지 말고 세상 안에서 기도하십시오.

두 청년

미국 동부의 작은 마을에 한 청년이 이사를 왔습니다. 청년은 마을을 한바퀴 둘러보다 아름드리 나무 아래서 어떤 노인을 만났습니다.

청년이 먼저 의기양양하게 물었습니다.

"이 마을에는 어떤 사람들이 살고 있습니까?"

청년의 질문에 노인이 되물었습니다.

"자네는 어떤 마을에서 살다 왔나?"

그러자 청년은 얼굴 가득 적의를 담고 말했습니다.

"말도 마십시오. 그 동네는 세상에서 가장 더러운 동네랍니다. 미움과 시기가 판치고, 위선과 탐욕이 가득한 지옥 같은 동네였습니다. 그게 싫어서 이 마을로 이사를 왔습니다."

그러자 노인은 혀를 끌끌 차면서 말했습니다.

"안됐네, 청년. 이번에도 잘못 왔어. 이 마을도 자네가 살다 온 동네와 다르지 않아."

얼마 후 다시 한 청년이 이사를 왔습니다. 그 청년도 마을을 돌아보다가 노인을 만났습니다.

그 청년 또한 같은 질문을 했습니다.

"이 마을에는 어떤 사람들이 살고 있습니까?"

노인 역시 같은 반문을 했습니다.

"자네는 어떤 동네에서 살다 왔나?"

그러자 청년은 행복한 표정을 지으며 평온하게 대답했습니다.

"할아버지, 그곳은 세상에서 가장 아름다운 동네라고 할 수 있을 겁니다. 서로 사랑하고 아끼고 도와주며, 남의 일을 자기 일처럼 해주는 동네였습니다. 저는 그 동네를 떠나고 싶지 않았지만, 직장 때문에 할 수 없이 이곳으로 왔답니다."

말을 듣고 있던 할아버지는 얼른 일어나 그 청년의 손을 꼭 잡으며 말했습니다.

"잘 왔네, 청년. 여기가 바로 그런 마을이라네. 우리와 함께 잘 지내보세."

찢어진 예복

어느 음악회에서 일어난 일입니다.

그날 오케스트라의 지휘자는 가난한 음악가였습니다. 음악회에서 연주하는 음악가들은 예복을 입는 것이 관례였는데, 그는 새 예복을 장만할 돈이 없었습니다. 옷장을 뒤져보니 아주 낡은 예복 한 벌이 나왔습니다.

연주가 시작되어 지휘자는 관객에게 인사하고는 지휘를 하기 시작했습니다. 그런데 팔을 힘껏 휘두르는 순간, 그만 예복이 찢어지고 말았습니다. 찢어진 틈으로 하얀 셔츠가 나왔습니다.

한 곡이 끝난 뒤 지휘자는 실례를 무릅쓰고 셔츠 바람으로 지휘하기 시작했습니다. 관객들이 낄낄거리는 웃음소리에도 아랑곳하지 않고 그는 열심히 지휘만 했습니다. 하지만 분위기는 자꾸만 어수선해졌습니다.

그때 맨 앞줄에 앉아 있던 신사 한 명이 조용히 겉옷을 벗었습니다. 그것을 본 관객들도 웃음을 멈추고 하나둘 윗옷을 벗었습니다. 그날의 연주는 매우 진지했고, 성공적으로 끝났습니다.

다른 사람이 어려움에 처했을 때 더불어 하나 되는 마음을 가진다면, 이 세상은 분명 좀더 아름다워질 것입니다.

♥ ♥ ♥

욕심과 질투의 대결

지혜로운 랍비들이 전해주는 이야기 가운데 한 토막입니다.

지상으로 내려온 한 천사가 어느 날 두 여행객을 만났습니다. 천사는 두 여행객과 함께 길을 떠나기로 했습니다. 그런데 다녀보니 한 사람은 아주 욕심이 많았고, 다른 한 사람은 질투심이 아주 많았습니다.

며칠간의 여행 끝에 드디어 헤어질 때가 되었습니다.

천사가 말했습니다.

"저에게 소원 한 가지를 말씀해주십시오. 무슨 소원이든지 들어드리겠습니다. 단, 먼저 말하는 분의 소원을 들어드리겠습니다. 그분의 소원을 들어드린 다음에는 나머지 분에게 같은 소원의 두 배를 들어드리겠습니다."

　욕심 많은 사람이 곰곰이 생각해보니 먼저 얘기할 필요가 없었습니다. 가만히 있어도 상대보다 두 배를 더 얻을 수 있으니까 말입니다. 질투가 많은 사람 역시 같은 생각을 했습니다. 상대방이 자기보다 더 많이 받는 것을 견딜 수 없었던 것입니다.

　그래서 둘 다 입을 다물었고, 침묵의 시간이 계속되었습니다. 서로 먼저 말하기를 기다렸지만 시간만 흘러갈 뿐이었습니다. 마침내 견디다 못한 욕심 많은 친구가 질투심 많은 사람의 목을 잡고 흔들면서 이렇게 말했습니다.

　"야! 네가 먼저 얘기하란 말이야. 안 하면 죽여버리겠어."

　"그래, 알았어. 얘기할 테니까 이 목이나 좀 놔줘."

　질투심 많은 친구는 자세를 고쳐 앉더니 이렇게 말했습니다.

　"천사님, 제 소원은 한쪽 눈만 장님이 되는 것입니다."

원숭이 잡는 법

원동연 박사가 쓴 책에 따르면, 인도네시아의 셀레베스섬 원주민들은 원숭이를 잡아 관광객에게 판다고 합니다. 그런데 원숭이를 잡는 방법이 아주 재미있습니다.

그 지방에는 길고 단단한 호박이 자라는데, 아이들은 호박이 작을 때 중간 부분을 끈으로 꼭 묶어서 한쪽은 계속 자라도록 두고, 다른 한쪽은 길쭉하게 잘 자라지 못하게 합니다. 호박이 단단해지면 속을 모두 파내어 목이 좁은 유리병처럼 만듭니다. 그 속에 쌀을 반쯤 채워 넣은 뒤 큰 나무기둥에 꽁꽁 묶어놓습니다.

그러면 쌀을 좋아하는 원숭이들이 쌀냄새를 맡고 호박 근처로 모여듭니다. 그 중 한 놈이 주위를 살핀 다음 호박 속으로 손을 넣어 쌀을 한 줌 움켜쥡니다. 그러고 나면 원숭이의 손은 결코 빠지지 않습니다. 원숭이는 애를 쓰지만, 쌀을 포기하지 않는 한 아무 소용이 없습니다.

원숭이가 안간힘을 쓰고 있는 동안 아이들은 대나무로 엮은 통을 가져와서 원숭이를 그 속에 잡아넣고 맙니다. 그런데 정말 웃기는 일은, 원숭이가 그 통 속에서도 여전히 손에 쌀을 움켜쥐고 있다는 사실입니다.

원숭이가 저지르는 어리석음에서 우리는 한 가지 교훈을 얻을 수 있습니다. 탐욕은 죄를 잉태하고, 죄는 죽음을 부릅니다.

재난의 원인

톨스토이의 소설 《재난의 원인》에 이런 이야기가 나옵니다.

담을 사이에 두고 사이좋은 두 집이 있었습니다. 어느 날 이쪽 집의 닭한 마리가 담을 넘어 저쪽 집에 가서 알을 낳았습니다. 그것을 본 이쪽집 아이가 우리 집 닭이 너희 집에 가서 달걀을 낳았으니 빨리 달라고 했습니다. 그 집 아이는 집에 들어가보더니 달걀이 없다고 했습니다.

그리하여 아이들은 알이 있느니 없느니 하면서 크게 싸웠습니다. 이것을 본 엄마들도 치미는 화를 참지 못하고 싸웠습니다. 싸움이 번져 이번에는 아버지들까지 나섰습니다. 그러다가 너무 화가 나서 저쪽 집에 불을질러버렸습니다. 그런데 바람이 세게 불어오는 바람에 이쪽 집도 타버렸습니다.

그들은 잿더미에 앉아 별을 쳐다보면서 후회하게 됩니다. 도대체 무엇때문에 싸웠는지 거슬러 생각해보니 자기들의 모습이 참으로 어리석기그지없었습니다.

지나친 욕심과 교만한 자존심이 두 가정을 몰락하게 만든 것입니다.

처음 본 이웃사촌

서울의 한 동네에서 실제로 일어났던 일입니다.

"왜 남의 집 쓰레기통에 쓰레기를 버리는 거요?"

"남의 집이라니, 왜 여기가 남의 집이란 말이오?"

중년의 두 사내가 어둠 속에서 서로 눈을 부라리며 언성을 높이고 있었습니다. 채소 행상을 하는 김씨는 1년 전부터 이 집에 세들어 살고 있었습니다. 낯선 사람으로 몰린 전씨는 지난해 말쯤부터 역시 같은 집에 세들어 살고 있었습니다. 두 사람은 지난 석 달 동안 서로 얼굴을 마주친 적이 한번도 없었던 것입니다.

두 사람은 서로 언성을 높이던 끝에 멱살잡이를 했고, 끝내 전씨가 김씨의 가슴과 등을 때리고 말았습니다. 폭행당한 김씨는 전치 2주의 진단서를 끊어 경찰에 고발했습니다.

경찰서에서 마주 앉은 두 사람에게 담당 형사는 이렇게 말했습니다.

"이웃사촌이라는 말까지 있는데, 한 지붕 밑에 석 달 가까이 살면서 서로 얼굴도 몰랐단 말이오? 서로 인사라도 한번 나누었으면 이런 일은 없었을 텐데…"

해 아래 집

장애인들이 모여 사는 '해 아래 집'에 어느 날 두 사람이 찾아왔습니다. 그들은 머뭇거리는 듯하더니 돈봉투를 내밀며 공사비에 보태 쓰라고 했습니다. '해 아래 집'은 도로변에 있었기 때문에 누가 보아도 가드레일 공사가 필요했습니다. 그러나 바로 며칠 전, 어느 가드레일 회사에서 무료로 공사를 해준 뒤였습니다.

하지만 그들은 쌀이라도 들여놓으라며 기어이 돈봉투를 놓고 갔습니다. 이상한 점은 두 사람 모두 끝내 이름을 밝히지 않았다는 것입니다.

그들이 두고 간 봉투에는 다음과 같은 내용의 편지가 들어 있었습니다.

"진작 찾아왔어야 했는데 늦어서 죄송합니다. 이름자나 남기자고 온 것은 결코 아닙니다. 다만 지난 일을 조금이라도 사죄하고 싶은 마음에 찾아왔습니다. 저희는 '해 아래 집'이 들어설 때 집값이며 땅값이 내려간다고 반대했던 사람들입니다. 저희 죄인들을 용서해주시기 바랍니다."

실패는 성공의 지름길

미국의 전설적인 야구선수 베이브 루스는 통산 714개의 홈런을 친 것으로 유명합니다. 하지만 그는 자그마치 1,330번이나 삼진 아웃을 당했습니다. 물론 그 기록은 사람들에게 기억되지 않습니다.

성공한 사람들의 공통점은 수많은 실패를 통해 성공의 해법을 찾는다는 것입니다. 그러나 일반 사람들은 화려한 성공 뒤에 감춰진 실패를 기억하려 하지 않습니다. 오직 성공만 부러워할 뿐입니다.

우리는 건강식으로 꿀을 먹곤 합니다. 꿀 한 숟가락을 만들기 위해 꿀벌은 4,200번이나 꽃을 왕복해야 합니다.

요셉 하이든은 66세가 되어서야 그 유명한 오라토리오 〈천지창조〉를 작곡했습니다. 〈천지창조〉 단 한 곡을 위해 그는 800곡이나 써보았습니다. 미켈란젤로는 8년 동안 2,000번이나 스케치한 뒤에야 〈최후의 만찬〉을 완성했습니다.

다른 사람의 성공을 부러워하기보다 자기의 실패를 겸허하게 받아들이는 것이 성공의 지름길입니다.

양상군자

후한 말기에 진식이라는 고을 원님이 있었습니다. 그는 교만하지 않고 백성의 괴로움을 짐작했으며, 공평무사하게 일을 처리했습니다.

그러던 어느 해 흉년이 들어 많은 백성이 굶주림에 시달렸습니다. 하루는 진식이 방에서 책을 읽고 있는데, 한 사나이가 몰래 방에 들어왔다가 슬그머니 대들보 위로 올라가는 것이었습니다.

진식은 아들과 손주들을 방으로 불러앉히고 조용히 말했습니다.

"사람이란 스스로 힘쓰지 않으면 안 된다. 불량한 사람이라 할지라도 본디부터 그런 것은 아니다. 습관이 어느덧 습성이 되어 옳지 못한 짓을 하게 되는 것이다. 이를테면 지금 대들보 위에 있는 군자(君子)도 그러하니라."

순간 '쿵' 하는 소리와 함께 방바닥이 흔들렸습니다. 양심이 찔린 도둑이 저도 모르게 뛰어내려온 것입니다. 도둑은 방바닥에 이마를 대고 엎드려 죄를 청했습니다.

그러나 진식은 온화한 눈빛으로 그를 바라보다가 말했습니다.

"자네 얼굴이나 모습을 보니 아무래도 나쁜 사람이라고는 생각할 수 없네. 아마도 굶주림 때문에 이런 짓을 하게 되었을 거야."

진식은 도둑에게 비단 두 필을 주어 돌려보냈습니다. 그뒤로 고을에서는 도둑을 볼 수 없었다고 합니다.

한없는 자비

대문호 톨스토이가 쓴 책 가운데 이런 이야기가 있습니다.

옛날 아라비아에 신앙심 깊고 남에게 친절하기로 소문난 유스후라는 추장이 살고 있었습니다. 어느 날 밤 그에게 생면부지의 길손이 찾아와 애원하듯 말했습니다.

"나는 어떤 사람에게 쫓기는 몸입니다. 만약 잡히면 죽게 됩니다. 오늘 밤만 이 집에서 재워줄 수 없겠습니까?"

이 말을 들은 유스후는 흔쾌히 대답했습니다.

"좋습니다. 어서 들어오십시오. 그리고 편히 쉬도록 하세요. 내가 신에게서 자유로이 많은 것을 받는 것처럼 당신도 내 것을 마음대로 쓸 수 있습니다."

극진한 대접을 받은 길손은 다음날 아침 일찍 길을 떠나면서 인사했습니다.

그러자 유스후가 겸손하게 말했습니다.

"이건 여비에 보태 쓰십시오. 쫓기는 몸이라니 반드시 쓸 데가 있을 겁니다. 그리고 이 말은 우리 집에서 가장 좋은 말입니다. 안장도 벌써 얹어놓았으니 어서 타고 떠나십시오."

너무나 뜻밖의 환대에 길손은 오랫동안 눈을 지그시 감았습니다. 그러다가 갑자기 소리내어 울면서 모든 것을 털어놓았습니다.

"저는 당신의 이같은 친절을 받을 만한 자격이 없는 사람입니다. 놀라

지 마십시오. 당신의 단 하나뿐인 아들을 죽인 사람이 바로 접니다. 당신이 아무리 저주한다 해도 할말이 없는 악인의 표본 이브탕입니다. 자, 어서 저를 죽이고 아들의 원수를 갚으십시오."

유스후는 아들을 죽인 살인범의 고백을 듣고도 자세 하나 흐트러뜨리지 않았습니다. 오히려 온화한 표정으로 조용히 말했습니다.

"그게 사실이라면 저는 돈을 세 배 더 드리겠습니다. 그렇게 하면 제가 지금까지 아들을 죽인 사람을 미워하던 그 마음이 없어질 것입니다. 내가 원수로 여기던 당신에게 후한 대접을 할 수 있다면 그것으로 원수를 갚은 셈이 됩니다. 오히려 이렇게 고마운 일에 대하여 신께 감사를 드려야겠습니다."

백만장자의 유산

나이 많은 백만장자에게 일곱 살 난 아들과 아름다운 부인이 있었습니다. 어느 날 부인이 병들어 죽자 백만장자는 가정부를 데려와 육아와 집 안일을 맡겼습니다. 하지만 얼마 뒤 외아들마저 시름시름 앓더니 죽고 말았습니다. 시름에 빠진 백만장자도 며칠을 견디지 못하고 세상을 뜨고 말았습니다.

그런데 이상한 일은 유서가 발견되지 않았다는 점입니다. 사회단체나 복지재단에 재산을 위탁한 사실조차 없었습니다. 그래서 백만장자의 전 재산은 국고로 환수되었습니다. 집 안에 있던 물건들은 경매장으로 실려 갔습니다.

그 집의 가정부는 기념이 될 만한 것을 사고 싶어 경매장으로 갔습니다. 하지만 가정부로서는 도저히 살 수 없는 비싼 물건뿐이었습니다. 그러다가 우연히 백만장자의 아들 사진이 담긴 액자를 발견했습니다. 가정부는 백만장자의 아들을 자기 아들처럼 몹시 사랑했기 때문에 소년의 액자를 사기로 했습니다. 가정부에게는 참으로 소중한 기념물이었습니다. 그래서 잘 보이는 곳에 걸어놓았습니다.

어느 날 액자를 깨끗이 씻어서 다시 걸려고 액자 뒤에 있는 나무판자를 뜯었습니다. 그런데 거기에서 문서 한 장이 떨어졌습니다. 백만장자가 남긴 것으로 보이는 문서 안에는 이런 내용이 적혀 있었습니다.

"내 아들을 소중히 여겨서 이 사진을 자기 집 벽에 걸어주는 사람에게 나의 모든 재산을 주겠노라."

미생의 믿음

옛날 중국 노나라에 미생이라는 아주 정직한 사내가 있었습니다. 그는 한번 약속한 것은 무슨 일이 있어도 지키는 사람이었습니다.

어느 날 미생은 사랑하는 여인과 어스름한 달밤에 다리 밑에서 만나기로 약속했습니다. 물론 미생은 약속한 시각에 어김없이 그곳으로 나갔습니다. 하지만 여인은 한참이 지나도록 오지 않았습니다.

시간이 흘러 달빛이 점점 기울고 밀물에 밀려온 강물이 점점 불어나기 시작했습니다. 그러나 미생은 사랑하는 여인이 금방 올 것이라 생각하고 자리를 뜨지 않았습니다. 이제 물은 발목에서 무릎으로, 무릎에서 허벅지로, 드디어는 가슴 부위까지 차올랐습니다. 하지만 미생은 그 여인과의 약속을 지키기 위해 그곳을 빠져나오지 않았습니다.

미생은 목까지 물이 찬 다음에야 다리 기둥을 붙들고 빠져나오려 했지만, 이미 때는 늦어버렸습니다. 결국 그는 불어난 물 속으로 가라앉고 말았습니다.

어떤 이들은 미생의 이런 믿음을 두고 미련하다고 합니다. 하지만 불신과 기만이 횡행하는 오늘날 미생의 믿음은 참으로 돋보입니다.

비정한 목격자

뉴욕에서 실제로 있었던 일입니다.

어느 여성이 밤늦게까지 일하고 혼자서 집으로 가다가 아파트 단지 입구에서 강도를 만났습니다. 그는 아파트를 향해 "사람 살려!"라고 소리질렀습니다. 그 소리를 들었는지 몇몇 집에서 불을 켜고 창문 밖을 내다보았습니다. 하지만 아무도 내려와서 도와주려 하지는 않았습니다. 그녀는 갖고 있던 모든 것을 강도에게 빼앗기고 공포에 질린 채 집을 향해 뛰었습니다.

현관으로 들어서려는 순간, 다시 못된 청년들을 만났습니다. 다시 큰소리로 도움을 호소했지만, 몇몇 집이 문을 빼꼼 열고 내다보더니 곧 들어가버렸습니다. 결국 그녀는 그날 밤 강도에게 죽고 말았습니다.

다음날 경찰이 조사해본 결과 그녀의 비명을 들은 사람은 38명이나 되었습니다. 하지만 아무도 그녀를 도와주지 않았던 것입니다.

서울 화양동 네거리에서 일어난 일입니다.

뺑소니 택시에 치인 사람이 중상을 입고 길에 쓰러졌습니다. 이를 목격한 행인들이 그를 병원으로 옮기려 했지만, 태워주는 차가 없었습니다. 자그마치 20대나 그렇게 지나쳤습니다. 결국 차도를 막아선 뒤에야 시내버스에 태워 병원으로 옮길 수 있었습니다.

뱃사공과 학자

학자 세 명이 강을 건너려고 나룻배를 탔습니다. 한 학자가 먼저 늙은 뱃사공에게 말을 건넸습니다.

"노인장! 천문학을 좀 아시오?"

그러자 뱃사공이 무심하게 대답했습니다.

"나는 평생 노만 저어 그런 것은 잘 모릅니다."

"허허, 인생을 헛살았군요."

조금 뒤에 또 다른 학자가 빈정거리며 물었습니다.

"뱃사공! 그러면 철학은 좀 아시오?"

노인의 대답은 같았습니다.

그러자 그 학자가 이렇게 말했습니다.

"정말 평생을 헛살았군요."

한참을 가다가 마지막으로 한 학자가 물었습니다.

"심리학이나 생물학은 아시오?"

노인은 짜증이 나서 대꾸도 하지 않았습니다. 학자는 혀를 차며 불쌍하다는 듯이 뱃사공을 쳐다보았습니다.

그때 갑자기 먹구름이 일면서 비바람이 몰아치기 시작했습니다. 순식간에 나룻배가 뒤집히면서 모두 물에 빠지고 말았습니다.

늙은 뱃사공은 세 학자를 향해 물었습니다.

"학자님들! 헤엄치는 법을 좀 아시오?"

세 학자는 서로 살려달라며 허우적거릴 뿐이었습니다.

"인생을 헛살았군요."

자기보다 못한 것처럼 보이는 사람한테서도 배울 점이 있습니다.

사막의 샘물

사막 한가운데에 커다란 나무 한 그루가 서 있었습니다. 그 나무 밑에서는 샘물이 솟아났습니다. 사막을 여행하는 사람들에게는 더없이 좋은 쉼터였습니다. 그런데 그 샘물에는 임자가 있어서 나그네들에게 샘물을 팔았습니다.

어느 날 아침 일찍 일어난 그는 커다란 나뭇잎에 이슬이 맺힌 모습을 보았습니다. 그는 나무가 샘물을 빨아먹어서 그렇다고 생각했습니다. 그래서 물을 많이 먹는 나무를 없애기로 했습니다. 나무가 사라져야 훨씬 많은 돈을 벌 수 있을 테니까 말입니다.

그는 나무를 베어버렸습니다. 그러자 샘물은 곧 말라버렸습니다.

혀의 위력

"나는 치명적인 타격을 입힐 수 있는 힘과 기술을 가졌습니다. 나는 죽이지 않고도 승리할 수 있습니다. 나는 가정과 교회와 국가를 파괴합니다. 나는 수많은 사람의 인생을 파괴하였습니다. 나는 바람의 날개를 타고 여행합니다. 아무리 순결한 사람도 내 앞에서는 무력하며 아무리 꼿꼿한 사람도 내 상대가 되지 않습니다. 나는 진리와 정의와 사랑을 경멸합니다. 나한테 희생된 사람은 전세계에 걸쳐 있습니다. 나는 바닷가 모래보다 더 많은 노예를 거느리고 있습니다. 나는 결코 망하지 않으며 결코 용서하지 않습니다. 내 이름은 중상모략입니다."

우리의 혀가 자아내는 중상모략의 파괴력을 설명하는 내용입니다.

한 어린이가 어머니에게 묻습니다.

"엄마, 거짓말이 나쁜가요? 도둑질이 나쁜가요?"

"둘 다 나쁘지."

"둘 중에 어느 것이 더 나빠요?"

그러자 어머니가 말했습니다.

"글쎄…, 도둑질이 더 나쁘지."

하지만 아들은 달리 말했습니다.

"아녜요. 거짓말이 더 나빠요. 도둑질은 그 물건을 다시 돌려줄 수 있지만, 거짓말은 한번 하고 나면 되담을 수가 없잖아요."

사람의 혀는 파괴력이 커서 모든 것을 앗아갈 수도 있습니다.

나는 무엇일까요?

당신은 언제나 나를 움켜쥐고는 나를 당신 것이라고 말합니다. 하지만 따지고 보면 당신이 내 것이지요. 나는 아주 쉽게 당신을 지배할 수 있어요. 우선 당신은 나를 얻기 위해서라면 죽는 것말고는 무엇이든지 하려고 합니다.

나는 사람들에게 무한히 값지며 보배로운 존재입니다. 물이 없으면 한 포기의 풀도 살 수 없듯이, 내가 없으면 사람은 물론 이 세상 모든 것이 사라지고 말 것입니다. 회사도, 정부도, 학교도, 은행도 말입니다.

그렇다고 내게 어떤 신비한 생명력이 있는 것은 아닙니다.

나는 내 힘만으로는 아무 데도 갈 수 없지만, 이상한 사람들과 수없이 만납니다. 그들은 나 때문에 서로 무시하기도 하고, 사랑하기도 하고, 싸우기도 합니다. 순전히 나 때문에 말이지요. 사람들에게 욕망이 없다면, 나는 어쩌면 아무 쓸모 없는 존재일지도 모릅니다.

그렇지만 나는 거룩한 일을 하는 사람이나 가난하고 굶주린 이들을 돕는 선한 사람, 환자들의 고통을 덜어주려는 사람과도 만납니다.

나의 힘은 사실 무한합니다. 부디 나의 노예가 되지 않도록 조심스럽고 현명하게 나를 다루십시오.

내 이름은 '돈' 입니다.

하나님이 쓰시는 사람

독일에 어느 젊은이가 있었습니다.

그는 좋은 가문에서 태어났고, 최고 수준의 교육까지 받은 수재였습니다. 피아노 솜씨는 여느 피아니스트 못지 않게 뛰어났고, 대학에서는 철학과 수사학 분야에서 두각을 나타냈습니다. 또 20대의 젊은 나이에 '역사적인 예수'에 관한 논문으로 세계 신학계의 인정을 받기도 했습니다. 조금 뒤에는 의학을 배워 뛰어난 의술을 갖춘 의사가 되었습니다. 그러자 그의 재능을 높이 평가한 여러 대학에서 좋은 조건으로 교수직을 제안했습니다.

하지만 그는 모든 제의를 뿌리쳤습니다. 대학에서 강의하며 평생을 안락하게 살 수 있는데도 모든 기득권을 포기했습니다.

그의 관심은 아프리카 오지에서 단 한번도 의료 혜택을 받지 못하고 죽어가는 흑인들에게 쏠려 있었습니다. 그는 아내와 함께 흑인들 속으로 들어가 평생을 보냈습니다.

그가 누구인지 짐작하실 겁니다. 바로 알베르트 슈바이처 박사입니다. 하나님이 쓰시는 사람은 바로 이런 사람이어야 합니다.

인내의 열매

여러분은 선한 목적을 위해 얼마나 고통을 참고 있습니까?

세계적인 명작 《로빈슨 크루소》를 쓴 대니얼 디포는 출판업자들이 출판을 기피하는 경계대상 1호였습니다. 그리하여 《로빈슨 크루소》를 탈고할 무렵 디포는 작품을 들고 수많은 출판사를 돌아다녀야 했습니다. 그 과정에서 자그마치 20번씩이나 출판을 거절당하는 수모를 겪었습니다. 하지만 디포는 포기하지 않았습니다. 그런 인내심 덕분에 드디어 21번 만에 이 세상에 책을 낼 수 있었습니다.

그뿐이 아닙니다. 저 유명한 《갈매기의 꿈》은 12번, 아름답고도 서글픈 사랑 이야기를 담은 《러브 스토리》 역시 12번씩이나 출판을 거부당했습니다. 심지어 영국의 탐정소설 작가 존 그레시는 무려 743번씩이나 거절당하기도 했습니다. 하지만 그는 결코 포기하지 않았습니다. 덕분에 그는 543권이나 되는 탐정소설을 출간할 수 있었습니다.

인생의 기쁨을 맛보려면, 이처럼 쉽게 포기하지 않는 인내심이 필요합니다.

진정한 꿈

이 세계를 변화시킨 위인의 특징은 계획을 치밀하게 세우고, 이를 묵묵히 실천에 옮긴다는 것입니다.

독일의 어떤 경찰서에서 말단 경찰들끼리 모여 잡담을 나누고 있었습니다. 화제는 장래 희망에 관한 것이었습니다.

한 사람이 먼저 그 지방의 치안을 책임지는 경찰서장이 되겠다고 큰소리쳤습니다. 그러자 옆사람은 경찰서장을 임명하는 경찰국장이 되겠다고 호기를 부렸습니다. 마지막 사람은 경찰국장을 임명하는 수상이 되겠다며 능글맞게 웃었습니다.

하지만 유독 한 사람만이 침묵을 지키고 있었습니다. 궁금해진 동료들이 그에게 물었습니다.

그러자 그는 간단하게 포부를 밝혔습니다.

"난 그저 한 계급만 승진했으면 좋겠어."

한 사람씩 돌아가며 그에게 핀잔을 주었습니다.

"남자로 태어나서 꿈이 그 정도밖에 안 돼?"

"좀더 꿈이 커야 큰일을 하지 않겠어?"

"바보처럼 무슨 꿈이 그래?"

하지만 20여 년이 지난 뒤 그 사람에게 핀잔을 줄 수 있는 사람은 아무도 없었습니다. 그는 바로 독일의 전설적인 영웅 비스마르크 수상입니다.

이것이 바로 범인과 위인의 차이입니다. 위인은 아무런 계획도 없이 떠벌리지 않습니다. 세월 따라 저절로 풀리기를 기다리지도 않습니다. 그들은 치밀한 계획을 세워 차근차근 실천해가는 사람들입니다.

칭찬의 효과

《주홍글씨》의 작가 나다니엘 호손을 키워낸 것은 칭찬이었습니다. 대학 무렵 무명의 작가였던 그에게는 세 명의 친구가 있었습니다. 하나는 호레이쇼 브리지라는 부호의 아들이었고, 또 하나는 정치가 지망생 피어스였습니다. 마지막은 호손보다 먼저 명성을 얻은 시인 롱펠로였습니다.

이 세 친구는 아무 이름도 없던 호손에게 칭찬을 아끼지 않았습니다. 브리지는 늘 호손의 작품에서 살아 숨쉬는 열정이 느껴진다면서 호손의 작품이라면 자기 돈으로 출판해주겠다고 약속했습니다. 롱펠로는 언제나 호손의 작품에 서문을 써주면서 그의 작품에 극찬을 아끼지 않았습니다. 뒷날 미국의 제14대 대통령에 오른 피어스는 호손의 활동에 행정적인 지원을 아끼지 않았습니다.

이들 세 친구의 칭찬은 젊은 시절의 호손에게 자신감과 긍정적인 자세, 다른 사람을 포용하는 넓은 마음을 길러주었습니다.

기도

기도의 위력은 불의 세력을 정복합니다.

기도는 노여워하는 사자의 입에 재갈을 물리고

난세를 정복시켜 고요하게 하고 전쟁을 종결시키며

폭풍우를 달래고 마귀를 내쫓으며

사망의 결박을 풀고 질병을 완쾌시키고

협잡꾼을 내쫓고 도시를 파멸에서 구출하며

태양을 멈추게 하고

우레의 진행을 막아줍니다.

기도는 또 만능의 갑옷이요

값이 떨어지지 않는 보물이요

고갈되지 않는 광산이며

구름으로도 흐려지지 않는 창공이요

폭풍우로도 구겨지지 않는 하늘입니다.

이것은 뿌리요 지반이며

한량없는 축복의 어머니입니다.

천국의 문

유대인의 민화집에 나오는 이야기 가운데 하나를 소개하겠습니다.

어떤 신혼부부가 아들을 낳았습니다. 이 부부에게 예언자가 찾아와 이렇게 말했습니다.

"순례의 길을 떠나라."

그들은 하나님이 보내신 예언자의 말을 믿고 어려운 여행길에 올랐습니다. 얼마 지나지 않아 가시밭길이 나왔습니다. 부부는 혹시나 아기가 다치지는 않을까 꼭 껴안고 가시밭길을 통과했습니다. 그때 자녀를 위한 희생이 얼마나 소중한지 새삼 깨달았습니다.

얼마를 더 가자 광야가 나왔습니다. 아이는 광야의 찬바람을 맞기에는 여전히 어렸습니다. 부부는 양쪽에서 아이를 꼭 껴안고 광야를 통과했습니다. 이때 더불어 살아가는 삶의 아름다움을 배웠습니다.

다시 길을 가다 보니 계곡이 나왔습니다. 계곡에서는 험난한 길을 지나면 다시 평지가 나올 것이라는 희망을 배울 수 있었습니다. 많은 장애물이 나타났지만 그때마다 깨달음이 있었고, 아이는 청년으로 성장해가고 있었습니다.

조금 더 가자 험준한 산이 나왔습니다. 산 밑에 이르렀을 때 아들은 이미 30대의 청년이 되어 있었습니다.

어느덧 입장이 바뀌어 이제는 헉헉대는 이들 부부를 30대의 아들이 부축하기 시작했습니다.

산을 넘어 이들 가족은 마침내 예언자가 얘기한 마을에 도착했습니다. 이때 아들의 나이는 벌써 40대가 되었고, 아버지는 노환으로 몸져 눕게 되었습니다. 어머니는 마음에 불평이 가득했습니다. 도대체 이 험한 순례의 길이 어떤 의미가 있는지 의아했던 것입니다.

바로 그때 하늘의 문이 열리면서 천사들이 내려와 남편을 편안하게 안아주었습니다. 그제서야 아내는 예언자가 왜 자기 가족에게 순례의 길을 떠나라고 했는지 알게 되었습니다. 결국 인생은 천국을 향한 순례의 길이었던 것입니다.

그때 아내의 입에서 저절로 한마디 고백이 흘러나왔습니다.

"마지막은 처음보다 아름답군요."

우리의 인생이 다른 동물과 달리 가치를 가질 수 있는 까닭은 바로 이런 약속이 있기 때문입니다. 죽음으로 우리의 인생이 끝나지 않고 지금보다 더 좋은 천국이 약속되어 있기 때문입니다. 바로 그것 때문에 우리 인생이 아름다울 수 있습니다.

맥도널드의 성공 비결

햄버거 하나로 전세계를 석권한 회사가 있습니다. 동서·이념·종교·인종을 초월해 모든 나라에서 이 회사의 햄버거가 팔리고 있습니다. 심지어 국교가 수립되지 않은 나라에도 이 회사는 버젓이 자리잡고 있습니다.

바로 맥도널드 햄버거 회사입니다. 이 회사의 영업 전략은 탁월하기로 소문나 있습니다. 미국 정보원보다 맥도널드 영업사원이 뛰어나다는 우스갯소리도 있을 정도입니다.

그들의 성공 비결은 철저한 준비에 있습니다. 점포 하나를 개설하기 위해 모두 5만여 개에 이르는 서류를 준비한다고 합니다. 햄버거 고기를 몇 밀리미터 두께로 자를 것인지부터 섭씨 몇 도에서 굽고 몇 분 동안 익힐 것인지 등등을 꼼꼼하게 기록합니다. 또 프렌치 프라이용 감자는 몇 센티미터로 자르는지, 매장의 화장실은 어떠한 조건을 갖춰야 하는지, 종업원의 복장은 어떻게 하고 매장 안의 조명은 어떻게 설치할 것인지 등을 정확한 문서로 기록합니다.

그렇게 철저하게 준비해놓은 자료가 자그마치 5만여 개에 이릅니다. 그러고 나서 본격적인 점포 개설작업에 들어갑니다. 그렇게 철저하게 준비하다 보니 그에 걸맞은 결실을 거둘 수 있는 것입니다.

여러분은 인생의 중년기·노년기 등 삶의 전환기를 어떻게 준비하고 있습니까? 철저한 준비만이 알찬 결실을 맺게 할 것입니다.

당당한 인생

구세군을 창설한 윌리엄 부스 사령관은 80대에 접어들면서 가물거리는 눈 때문에 고생하기 시작했습니다. 의사는 그의 아들에게 아버지가 머지 않아 시력을 완전히 잃을 것이라고 했습니다.

아들은 가난하고 어려운 사람들을 위해 평생을 바친 아버지가 너무나도 불쌍해서 차마 사실 그대로 말할 용기가 없었습니다. 그래도 한시라도 빨리 알아야만 아버지 스스로 마음의 준비를 할 것이라 믿고 말을 꺼냈습니다.

하지만 정작 놀란 것은 아버지가 아니라 아들이었습니다. 아버지가 전혀 뜻밖의 반응을 보였기 때문입니다.

"지금까지 두 눈을 가지고 주님을 섬겼는데, 이제는 두 눈 없이 주님을 섬기는 준비를 해야겠구나."

실망의 기색도 없었고, 두려움도 없었습니다. 너무나 담담하고 너무나 초연한 자세였습니다.

그같은 당당함은 준비하는 자에게만 나타납니다.

자기와의 화해

20세기 최고의 상담자이자 의학자라고 불리는 폴 투르니에는 '인격 치료'라는 새로운 치료법의 지평을 연 사람입니다. 하지만 그의 어린 시절은 그리 순탄하지 않았습니다. 그는 부모를 잃고 고아로 자라는 동안 많은 좌절과 상처를 경험했습니다.

그는 태어난 지 석 달 만에 아버지를 잃었고, 다시 여섯 살쯤 어머니마저 저 세상으로 보내야 했습니다. 결국 누이와 함께 외삼촌 집에서 살게 되었지만 상황은 별로 좋지 않았습니다. 외삼촌은 지독한 알코올 중독자였고, 외숙모는 신장병과 망상증 환자였습니다.

열악한 상황을 견디지 못한 투르니에는 자폐증에 걸려버리고 말았습니다. 자폐증은 겉으로 보기에는 살아 있어도 죽은 목숨과 같습니다. 사람들이 말을 시켜도 알아듣지 못하고, 아무 일에도 관심이 없습니다. 자기 안에 갇혀 단단한 껍질을 깨뜨리지 못한 채 평생을 살아가는 무서운 병입니다. 자폐증에 걸린 그의 유일한 기쁨은 고목나무 타기, 사냥개와 대화 나누기였습니다.

이런 투르니에에게 처음으로 좋은 영향을 준 사람이 있었습니다. 그의 나이 열여섯 살 때 고등학교에서 만난 그리스어 선생님 쥘 디부아였습니다. 선생님과의 인격적인 만남 속에서 자신감을 회복한 투르니에는 전국학생총연맹의 회장으로 뽑힐 만큼 적극적이고 활달한 사람이 되었습니다.

어느 날 학생회 모임이 끝나고 나서 한 학생이 다가와 이렇게 말했습니다.

"너, 고아 출신이지?"

숨겨왔던 자기 과거가 드러날 때마다 투르니에는 고통을 이기지 못하고 그 자리에서 도망치고 말았습니다. 사실 아무리 강한 척하고 용감한 척해도 사람이라면 누구나 약한 면이 있고 두려움이 있는 법입니다. 투르니에에게는 고아라는 상처가 크게 자리잡고 있었습니다.

어른이 되어 투르니에는 결혼하고 의사의 길을 걷게 되었습니다. 그러던 어느 날 폴란드의 경제학자이자 제네바 국제연맹의 고위직에 있는 어떤 사람의 초청을 받았습니다. 그는 처음 만난 투르니에에게 자기 인생역정을 모두 털어놓았고, 투르니에도 자기의 고독과 고통, 고아로서의 번민을 속시원히 털어놓았습니다.

그뒤부터 투르니에는 사람들 앞에서 자기의 나약함과 상처가 드러나는 것을 부끄러워하지 않았습니다. 오래 전 죽은 부모를 위해 애통한 눈물을 흘릴 줄도 알게 되었습니다. 그제서야 자기의 아픔과 화해할 줄 아는 사람이 된 것입니다.

세상에서 가장 부유한 사람

철학자 소크라테스에게 어떤 부자가 찾아와서 물었습니다.

"이 세상에서 가장 부유한 사람은 누구인가요?"

소크라테스는 이렇게 대답했습니다.

"이 세상에서 가장 부유한 사람은 가장 적은 것으로도 만족할 줄 아는 사람입니다."

만족이란 언제 어떠한 상황에서든 사람의 마음을 넉넉하게 하고 행복하게 해주는 최고의 미덕입니다.

전망이 있는 사람

시카고 대화재로 평생 일군 가게를 잃어버린 사람이 있었습니다. 그는 불이 난 다음날 아침 잿더미로 변해버린 상가로 나갔습니다. 그리고 상가 한가운데에 책상 하나를 가져다 놓았습니다.

그 책상 앞에는 다음과 같은 글귀가 씌어 있었습니다.

"내 아내와 아이들 그리고 우리 가족의 전망을 제외한 모든 것이 불탔습니다. 하지만 내일 아침부터 정상 영업합니다."

매우 낙천적인 발상이며, 보기만 해도 든든한 생각입니다. 그러나 평범한 사람은 쉽게 흉내낼 수 없을 것입니다.

그뒤 그는 다시 일어섰습니다. 가게를 다시 일으켜세워 예전의 수준을 회복했습니다. 이런 사람을 가리켜 '전망이 있는 사람'이라고 합니다.

말의 기능

미국 텍사스 의과대학의 스미스 교수는 세계적으로 권위 있는 심장학 교수입니다.

그는 어느 날 갑자기 심장마비로 쓰러졌는데, 이때 아주 신비한 현상을 체험하게 되었습니다. 쓰러진 자기 몸을 싣고 사람들이 황급히 병원 응급실로 가는 것이었습니다. 응급조치를 해도 전혀 소생할 기미가 보이지 않았습니다. 의사들은 죽었다고 판단했는지 그의 얼굴을 하얀 시트로 덮었습니다.

그뒤로 어디론가 한없이 빨려들어간 끝에 마침내 심판대처럼 보이는 단상 앞에 서게 되었습니다. 심판의 기준은 그가 살아 있을 동안 무수히 내뱉은 말들이었습니다. 옛날 무심코 내뱉은 말이 얼마나 많은 사람에게 큰 상처를 주었는지 깨달았습니다. 반면 대수롭지 않은 위로의 말 한마디가 누군가에게는 큰 힘이 되었다는 사실도 알았습니다.

그때 어디선가 "이제 너에게 다시 한번 인생의 기회를 줄 테니 좋은 일을 하면서 살아보라"는 목소리가 들려왔습니다. 그 순간 그는 이 세상으로 올 수 있었습니다.

이런 환상을 체험한 그는 전혀 다른 인생을 살기로 했습니다. 곧장 7년 동안의 휴직계를 병원에 내고 전세계를 돌아다니면서, 우리가 일상적으로 하는 말이 하나님 앞에서 얼마나 중요하며 우리 생명과 얼마나 직결되어 있는지 설명했습니다. 그것이 바로 그가 이 땅에서 새로 맡은 사명이

었습니다.

말은 그 누구도 상상할 수 없는 큰 에너지를 갖고 있습니다. 하나님도 이 세상을 말씀으로 창조하셨고, 예수님도 말씀으로 병든 자와 죽은 자를 구원하셨습니다. 물론 지금도 하나님은 사람의 말을 역사의 도구로 쓰고 계십니다. 이것이 언어의 순기능일 것입니다.

하지만 대부분의 사람은 언어의 순기능보다 역기능에 익숙해져 있습니다. 부주의한 말 한마디가 싸움의 불씨가 되고, 잔인한 말 한마디가 삶을 파괴하는 일이 반복되고 있습니다. 또 쓰디쓴 말 한마디가 증오의 씨를 뿌리고, 무례한 말 한마디가 사랑의 불씨를 꺼뜨리는 일도 계속되고 있습니다.

이 모든 것을 알면서도 우리는 은연중 부정적인 언어에 길들여져 있습니다.

두 사람의 선택

어느 주일날, 두 친구가 미국 뉴저지주의 칼드웰 거리를 걷고 있었습니다. 두 사람은 친구의 생일파티에 갔다가 술과 싸움으로 밤을 지새고 나오는 길이었습니다.

마음이 찜찜하여 서로 말도 않고 걷고 있는데, 마침 눈앞에 교회가 보였습니다. 한 친구가 마음이 괴로우니 예배에 참석하자고 제안했습니다. 그러나 다른 한 친구는 괴로운 마음을 술집에 가서 풀자고 했습니다. 결국 두 사람은 서로의 주장을 굽히지 않고 버티다가 마침내 각자 원하는 곳으로 갔습니다.

이때 교회를 택한 청년은 클리블랜드였습니다. 그는 미국의 제22대, 제24대 대통령에 당선되어 훌륭한 업적을 남겼습니다. 다른 한 친구는 변호사가 되었는데, 그만 범죄와 술에 빠져 오랫동안 형무소 생활을 했습니다.

클리블랜드 대통령은 가끔 교회에서 이렇게 간증했다고 합니다.

"하나님께서 부르실 때 염치가 없더라도 하나님께 찾아가 그 품에 안겨야 합니다."

노인들의 어머니

1990년 노벨평화상 후보에 올랐던 이탈리아 출신의 엘리나라는 여인은 '노인들의 어머니'라는 별명을 갖고 있습니다. 그는 세계 최대의 양로원을 경영하면서 외로운 노인들을 돌보고 있습니다. 오늘의 엘리나가 있기까지에는 겸손한 기도가 뒷받침되어 있습니다.

그는 일찍이 중국에 선교사로 간 적이 있습니다. 도중에 폐병에 걸려 본국으로 소환되었는데, 그때 하나님께 이렇게 기도했습니다.

"하나님, 이제 병든 저에게 무엇을 원하십니까?"

그는 '어째서'라고 묻지 않고 '무엇을'이라고 물었습니다. 기도를 마친 그는 부친이 물려준 시골 농장으로 가서 열심히 농사를 지었습니다. 그곳에서 번 돈으로 중국 선교를 도왔습니다.

그런데 또 한 차례의 시련이 닥쳤습니다. 탈곡을 하던 중 오른손이 기계 속으로 빨리 들어가 잘리고 만 것입니다. 이제는 농사도 지을 수 없게 되었습니다. 하지만 그는 또 다른 시련 속에서도 다시 기도의 무릎을 세웠습니다.

"주님, 이제 오른손이 없는 저에게 무엇을 원하십니까?"

그는 다시 '어째서'라고 하지 않고 '무엇을'이라고 물었습니다.

그뒤 농장을 개조하여 양로원을 세웠습니다. 버려진 노인들을 부모처럼 모시고 복음을 전하는 삶에서 새로운 기쁨을 찾은 것입니다.

빛나는 것이 모두 금은 아니란다

초판인쇄   1999년 11월 29일
2쇄 발행   2003년 3월 25일

지 은 이   송길원
펴 낸 이   심만수
펴 낸 곳   (주)살림출판사 .
주   소   110-012 서울시 종로구 평창동 358-1
출판등록   1989년 11월 1일 제9-210호
전화번호   영업 · (02)379-4925~6 편집 · (02)394-3451~2
팩   스   (02)379-4724
전자우편   (하이텔 · 천리안 · 유니텔) SALLEEM
인 터 넷   http://www.sallim.co.kr

ⓒ 송길원, 1999

ISBN 89-522-0037-3 03810

* 잘못된 책은 구입하신 서점에서 바꾸어 드립니다.
* 저자와의 협의에 의해 인지를 생략합니다.

값7,500원